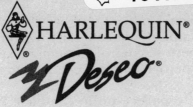

HARLEQUIN®
Deseo®

UN TRÍO MUY ESPECIAL
Lori Foster

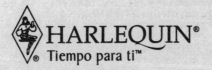

HARLEQUIN®
Tiempo para ti™

NOVELAS CON CORAZÓN

Editado por HARLEQUIN IBÉRICA, S.A.
Hermosilla, 21
28001 Madrid

I.S.B.N.: 84-396-9283-8
Depósito legal: B-42798-2001
Editor responsable: M. T. Villar
Diseño cubierta: María J. Velasco Juez
Composición: M.T., S.L.
Avda. Filipinas, 48. 28003 Madrid
Fotomecánica: PREIMPRESIÓN 2000
c/. Matilde Hernández, 34. 28019 Madrid
Impresión y encuadernación: LITOGRAFÍA ROSÉS, S.A.
c/. Energía, 11. 08850 Gavá (Barcelona)
Fecha impresion para Argentina:27.3.02
Distribuidor exclusivo para España: LOGISTA
Distribuidor para México: INTERMEX, S.A.
Distribuidores para Argentina: interior, BERTRAN, S.A.C. Vélez
Sársfield, 1950. Cap. Fed./ Buenos Aires y Gran Buenos Aires,
VACCARO SÁNCHEZ y Cía, S.A.
Distribuidor para Chile: DISTRIBUIDORA ALFA, S.A.

Capítulo Uno

Una cosa era que la lluvia y el granizo golpearan la puerta y otra, muy diferente, que fuese una mujer.

Max se quedó mirando aquel pelo rubio que había aparecido de repente y aquella nariz pegada al cristal. Estaba roja y parecía tener frío. Llovía tanto que apenas se oían sus gritos.

Cleo la miró con disgusto.

Max se apresuró a rodear el mostrador de la librería de su hermana para abrir la puerta. La menuda silueta femenina cayó al suelo. Al principio, Max creyó que le habían pegado un tiro en la nuca o algo así. Furioso, salió de la tienda para ver si había alguien más, pero allí solo había lluvia.

Cleo siguió gruñendo y protestando. Max se arrodilló junto al cuerpo.

—Cállate ya, estúpida —le dijo.

La mujer tomó aire con dificultad, se tumbó boca arriba e intentó abrir los ojos. Gimió.

—Me he hecho daño —gritó tan furiosa como Cleo—. ¡Y, encima, usted me insulta!

–No era... –Max se interrumpió al ver que abría un ojo. Era de un impresionante azul y estaba rodeado de unas espesas pestañas. Solo era un ojo, no había abierto los dos, pero sintió el impacto.

Cleo se acercó y puso el hocico sobre la cara de la mujer mientras emitía un aullido.

–¿Dónde se ha hecho daño? –inquirió Max preguntándose por qué se habría abalanzado contra la puerta o por qué seguía en el suelo.

–Por todas partes –contestó con el ojo fijo en él–. Tengo hasta los dientes mal, así que lo menos que podría usted hacer mientras esté en el suelo es no insultarme.

Max se preguntó si aquello querría decir que, cuando se levantara, podría hacerlo. Si es que se levantaba. No parecía tener prisa por ponerse en pie.

–Cleo –explicó Max– es mi perra. Tiene mal genio, pero no le hará nada.

–No me dan miedo los perros –contestó ella intentando mantener la dignidad a pesar de las circunstancias. Miró a la perra, que empezó a lloriquear–. Pero eso no quiere decir que me guste que me dejen babas por la cara.

Max sonrió.

–Ven, Cleo, deja a la señorita en paz.

Cleo obedeció, algo que no solía hacer. Se colocó junto a su dueño y siguió gruñendo sin quitarle la vista de encima a la intrusa.

La mujer estaba tumbada sobre un charco de agua. Max se puso a buscar heridas. Lo único que encontró fue un pecho pequeño, pero bonito, cubierto por una camiseta en la que se leía «Tengo buenos melocotones».

Max levantó una ceja. ¿Qué querría decir aquello?

La camiseta, completamente empapada, dejaba ver debajo un sujetador de encaje rosa. No le interesaba. No. Había hecho un trato con Cleo y pensaba cumplirlo. Acarició a la perra en el cuello para tranquilizarla.

El animal tenía serias dudas.

Tal vez porque lo conocía mejor de lo que se conocía a sí mismo.

–¿Está bien? –preguntó a la mujer. En realidad, en lo único en lo que estaba pensando era en la tela transparente y en la parte de su anatomía a la que estaba pegada. Aquello lo distraía. Sería mejor si se pusiera en pie.

Con aparente esfuerzo, la mujer consiguió abrir ambos ojos.

–Le veo dos veces –musitó sorprendida–. Esto tiene que ser una alucinación.

–Una alucinación, ¿eh? –repitió Max. Tal vez, estuviera delirando. Quizás estuviera borracha.

Tal vez pudiera ser el tema de su próxima columna. Max desechó la idea rápidamente. Era un tema demasiado inverosímil como para resultar creíble, aunque su público se solía creer todo lo que él decía.

Una mano pequeña le tocó la cara. Cleo se puso en alerta, pero la mujer la ignoró.

–Bueno, supongo que sabe cómo es usted físicamente. Si hubiera dos iguales... nada –dijo como dándose cuenta de lo que acababa de decir. Carraspeó–. Sí, creo que estoy bien.

Max nunca había conocido a una mujer así y eso que conocía a infinidad de mujeres. De hecho, las conocía tan bien que su columna tenía cada vez más éxito. Por supuesto, no la firmaba. Ni siquiera su familia sabía que la escribía él.

Todos creían que estaba en paro.

Desde luego, aquella mujer era diferente. Le había echado un piropo y luego se había echado atrás y todo ello mientras yacía sobre un charco en el suelo.

–¿Está segura?

–Mi orgullo es lo que ha quedado herido para siempre –confesó–, pero creo que podré vivir con ello –añadió sentándose. Tenía unas piernas muy largas. Cleo volvió a intentar olfatearla, pero ella la volvió a mirar con aquellos ojos azules y la perra lloriqueó, se alejó y siguió gruñendo, pero desde una distancia prudente.

Max lo entendió perfectamente. Aquellos ojos eran increíbles. No por el color, la forma o el tamaño sin por la intensidad con la que miraban.

–¿Dónde está Annie? –preguntó la mujer mirando a su alrededor como si conociera la librería.

–¿Conoce a mi hermana?

–Le he comprado millones de libros para mi trabajo. Annie y yo nos conocemos desde hace un año y nos hemos hecho amigas. ¿Por qué estaba la puerta cerrada?

En un alarde de valentía, Cleo se acercó y la mujer la acarició distraídamente. La perra ladró enfadada, pero ella la ignoró y siguió acariciándole la cabeza.

Max, sorprendido, se quedó mirando. Nadie más que él había osado ignorar el mal genio de Cleo para hacerle mimos. Max miró a la mujer de nuevo. Sintió que se le aceleraba un poco el corazón.

Estaba buscando novia y, ya que era imprescindible que se llevara bien con Cleo porque, al fin y al cabo se quería casar por ella, para que tuviera un hogar donde recibiera el cariño que antes no había tenido, tomó buena nota de la amistad que estaba surgiendo ante él.

Le llegó al corazón.

Incluso lo excitó un poco. Claro que la lluvia también lo había excitado. Llevaba tanto tiempo sin hacer nada que un golpe en la cabeza también le hubiera puesto a mil. La único acción que había tenido últimamente había sido en la maldita columna del periódico y aquello, ni de lejos, era suficiente para aplacar su apetito.

La mujer chasqueó los dedos en su cara.

–¿En qué está pensando?

Max se rio.

—Perdón, estaba en Babia.

—Ya me he dado cuenta —contestó ella mirándolo descaradamente—. ¿Por qué estaba con la puerta cerrada?

Su hermana tenía la costumbre de dejar la puerta abierta, algo que Daniel y él ya le habían echado en cara varias veces. Lo hacía aposta para molestar a sus hermanos.

—Annie no está y el viento no dejaba de silbar por la rendija de la puerta, así que la cerré. De todas formas, no venía nadie a comprar y, desde luego, no contaba con que una mujer se tirara encima de la puerta —explicó—. Se debe de haber hecho daño —añadió con voz más suave.

—Casi me quedo tonta del golpe, pero sobreviviré —contestó ella sacudiéndose el agua de los brazos y del pelo.

Cleo, fingiendo enfado para que no se dieran cuenta de sus verdaderas intenciones, puso la cabeza bajo la mano de la mujer para que le hiciera más caricias. A Max casi le dio algo.

—¿Cómo se le ocurre venir con la que está cayendo?

—Necesitaba un libro. Venía corriendo para no mojarme, pero, claro, no contaba con que la puerta estuviera cerrada —contestó sonriendo de repente. Aquello hizo que su cara se tornara de lo más adorable, aunque tenía todo el maquillaje corrido y le caían gotas de lluvia de la nariz.

Además, seguía acariciando a la perra.

Y Cleo seguía dejándose.

Max se sentó en el suelo porque aquella mujer no parecía tener intención de levantarse.

—¿Quiere que llame a un médico? —le preguntó intentando no fijarse en la camiseta y en los vaqueros que se pegaba a sus largas piernas.

—No, de verdad, estoy bien —contestó sonriendo—. Soy Maddie Montgomery —añadió tendiéndole la mano mojada y llena de pelos de Cleo, que se quedó consternada sin mimos.

Max la aceptó y se dio cuenta de que tenía los dedos helados.

—Yo soy Max Sawyers. Está usted helada —dijo reteniéndole la mano.

—Y usted es el hermano de Annie que peor fama tiene.

—Sí, soy su hermano, pero lo otro habría que discutirlo —dijo. «Sobre todo, últimamente», pensó. Aquella vida de monje que llevaba no era aceptable.

Maddie retiró la mano e intentó levantarse.

—He oído cosas sobre usted como para que se te pongan los pelos de punta. Me lo imaginaba diferente.

¿Se lo imaginaba? Max se dirigió a la trastienda en busca de una toalla. Quería alejarse de la tentación. Excitación sexual, la emoción de la conquista, el descubrimiento. Ya estaba empezando a sentir el calor de todo aquello. Después de tantos años satisfaciendo sus instintos más básicos, solía actuar por instinto. Seducía a las mujeres sin ni siquiera proponérselo, como si fuera con el piloto automático.

Que una mujer hablara de manera tan natural sobre la fama que tenía, la hacía objeto de una demostración de primera mano de por qué tenía semejante fama. Pero estaba buscando una novia para casarse, no una mujer para llevársela a la cama. Por eso, tenía que ir más despacio de lo que le hubiera gustado.

–¿Cómo me imaginaba? –preguntó sin poder evitarlo. «¿Y quién te ha hablado de mí?», añadió para sí mismo.

–No sé –contestó ella poniéndose en pie–. Tal vez, con pelo largo, como los modelos. Con cadenas de oro, en plan gigoló.

–Tome –le dijo dándole la toalla y pensando que aquella descripción era absurda.

–¿No se habrá ofendido? –preguntó ella secándose la cara y el cuello.

–No, más bien me divierte. Y me provoca curiosidad –declaró. Ninguna de las mujeres con las que había estado habría dicho que tenía pinta de gigoló. Macho, viril, pero gigoló...–. ¿Quién le ha hablado de mí? –preguntó intrigado.

–Sobre todo, su hermana.

A Max casi le dio un pasmo.

–¿Annie?

Aquello no era divertido en absoluto.

–Sí, su hermana lo quiere mucho y está muy orgullosa de usted, pero dice que tiene una conducta reprobable.

–¿Annie le dijo que llevaba cadenas de oro?

Maddie se rio. Tenía una risa bonita... natural, cálida. Cleo la miró confundida y emitió un agudo aullido–. No, eso es de mi cosecha. Annie solo me dijo que las mujeres lo encontraban irresistible y que ligaba mucho.

Max asintió. Tanto mujeres como hombres leían su columna y le enviaban cartas de apoyo. Conocía a las mujeres perfectamente.

Precisamente por eso, sus columnas semanales tenían tanto éxito. Le encantaba que nadie supiera que las escribía él. El anonimato le había ido muy bien porque, de lo contrario, suponía que muchas mujeres habrían ido tras él. Ya era suficiente con que supieran la fama que tenía. Si se enteraran de que era el experto en amor...

–También me han hablado de usted otras mujeres.

Aquello hizo que Max volviera a la tierra.

–¿De verdad?

Maddie se sacudió el pelo sin darse cuenta de que se le transparentaba el pecho. Max conseguía mirarla a la cara la mayor parte del tiempo, pero era humano. Y hombre. Ambas cosas unidas hacían imposible que no viera los pezones en punta. No podía evitar mirar de vez en cuando.

—Es usted un viajero —comentó Maddie con fanfarria—, el extraordinario amante, el trofeo que toda mujer quiere.

Su tono de broma le gustó. No sabía si estaba siendo sincera o se estaba riendo de él, pero lo hacía de tal manera que cualquiera de las dos opciones le parecía bien. No estaba acostumbrado a que una mujer se le aproximara así.

Se apoyó en la puerta con Cleo a su lado.

—¿Todas?

Ella sonrió de nuevo.

—Desde luego. Yo misma estoy a punto de desmayarme de tenerlo enfrente. Las vibraciones sexuales pueden conmigo. ¿Por qué cree que he estado tanto tiempo sin poderme levantar del suelo?

—¿Porque se ha estampado contra la puerta, por ejemplo? —preguntó Max disimulando una sonrisa.

—Al contrario. Abrí los ojos...

—Un ojo.

—... y lo vi y el mundo se me estremeció. Estaba demasiado mareada como para sentarme.

Aquellos ojos tan bonitos, los dos, doble impacto, parpadearon y Max se quedó tan noqueado que no supo si lo estaba diciendo en serio o en broma.

Maddie comenzó a secarse la camiseta, se miró y gritó sorprendida.

–¡Madre mía! –exclamó tapándose con la toalla y mirando a Max–. ¡Ya me podría haber dicho algo!

–¿De qué? –preguntó Max haciéndose el loco.

–¡De que se me transparenta todo!

–A mí no me importa –contestó él encogiéndose de hombros.

Maddie maldijo, se dio la vuelta y se ató la toalla tipo pareo. Cleo se puso a ladrar.

–¿Ve? La perra está de acuerdo conmigo. A pesar de la fama que tiene, debería haberse mostrado más caballero y haberme dicho que lo estaba enseñando todo.

–En realidad –explicó Max–, Cleo odia que le den la espalda. Desconfía de quien lo hace.

–Ah –dijo Maddie mirando a la perra–. Lo siento, pequeña, pero Max se ha portado mal no diciéndome nada –¿le estaba pidiendo perdón a su perra? Cleo gruñó–. ¡Ajá! Es obvio que está de acuerdo conmigo en que es usted un maleducado.

–¿Porque no le he dicho que se le transparentaba el pecho? –increpó Max mirándola a ver si se sonrojaba. Ni por asomo.

–Exactamente. Me lo tendría que haber dicho. Un caballero siempre informa a una dama cuando su pudor se ve amenazado. Desde luego, vista su conducta, no es usted un caballero.

–Bien –dijo Max mirándole el trasero–. Tiene un roto.

–¿Cómo? –dijo ella parpadeando y mirándose por encima del hombro–. ¿Se me han roto...?

–Tiene un roto en medio del trasero. Se le ven las bragas, que van a juego del sujetador. Un conjunto muy mono, por cierto –Max vio cómo se tapaba, pero tenía un trasero generoso y no eran suficientes las manos–. Soy todo un caballero.

Maddie fue de espaldas hacia una silla y se sentó.

–Supongo que no tendrá otra toalla.

–No. Lo único que puedo hacer es ofrecerle mi camisa.

Ella volvió a mostrar aquella sonrisa entrañable.

–Supongo que tendré que aceptarla, pero todavía no me hace falta. Aún no tengo lo que he venido a buscar.

–¿Qué es? –preguntó Max sentándose enfrente. Fuera seguía la tormenta, la lluvia azotaba las ventanas y en el cielo oscuro brillaban los relámpagos.

Las luces de la tienda parpadearon y los tres ocupantes miraron hacia arriba para ver si se iban. No se fueron, pero la perra se colocó nerviosa junto a su amo.

Max la acarició ausente mientras observaba a Maddie. Era realmente mona, aunque al principio no se lo había parecido. Además, le estaba gustando hablar con ella. Lo que le decía, lo estaban tomando por sorpresa... aunque jamás lo admitiría.

Todo se estaba desarrollando estupendamente.

–Annie me ha hablado de *Alternativas satisfactorias al coito* –comentó Maddie rompiendo la magia del momento. Max casi se cayó de la silla. Se levantó y comenzó a secar a Maddie, sin poderse creer lo que había dicho su hermana pequeña, que se iba a casar en breve. Su reacción sorprendió a Cleo, que aulló como un lobo hambriento–. Ahora veo de dónde lo ha sacado –Max se preguntó si estaría en lo cierto, pero no se relajó en absoluto. Maddie sacudió la cabeza y suspiró–. Obviamente, usted no tiene ni idea de ello.

–¡Ja! ¡Sé mucho del tema! –exclamó. Si no hubiera jurado que no iba a volver a tener relaciones sexuales puntuales, se lo habría demostrado allí mismo.

–No –dijo Maddie muy convencida–. No tiene ni idea.

Max sintió el calor que le subía por el cuello. Se sintió retado.

–Le puedo decir unas cuantas alternativas –dijo en tono amenazador y prometedor a la vez–. En cuanto a lo satisfactorias que sea, eso depende...

Maddie se rio.

–Cálmese –dijo. Cleo se sentó–. Al menos, la perra obedece.

–Solo cuando le da la gana, que no suele ser muy a menudo –puntualizó Max deseando ahogarla–. Nunca obedece a las mujeres. Las detesta.

–No parece que me deteste.

–Ya lo veo. Es raro.

Maddie se inclinó hacia delante con ojos burlones.

–Es un libro, Max.

–¿Qué es un libro?

Tenías las pestañas y el cuello mojados. Olía bien. Fuera hacía frío y él estaba dentro con una mujer sensual. Sintió que se le tensaban los músculos. Era bromista, sincera y divertida... y le gustaba Cleo.

La deseaba, maldición, pero le había hecho aquella estúpida promesa a su perra.

–Trabajo en el centro de mujeres –explicó Maddie–. Doy clases y soy consejera de varios grupos. Uno de los problemas que teníamos eran los embarazos no deseados, pero uno de los grupos que tengo ahora tiene más problemas. Se lo dije a Annie y ella me encargó un libro del que había oído hablar.

Max comprendió por qué tenía esa empatía con los demás y ese aire de experta, por eso había entendido rápidamente a Cleo. Una mujer interesante.

Interesante también su propia reacción. Nunca le había gustado una mujer así, de repente. Y, además, había sentido por ella un respeto instantáneo.

Entonces, lo entendió.

16

—*Alternativas satisfactorias al coito* —dijo sentándose de nuevo.

—Sí, ese es el título —aclaró ella haciendo un esfuerzo para no reírse de él otra vez. Max agradeció que se mordiera los labios para no hacerlo. Aunque, por otra parte, también le hubiera gustado oírla reír—. Annie me dejó un mensaje la semana pasada diciéndome que el libro ya estaba aquí, pero no he tenido tiempo de pasarme antes.

Max seguía mirándola y se preguntaba por qué una mujer tan atractiva e inteligente necesitaría un libro para saber ese tipo de cosas. Debía de tener, más o menos, veintiséis años. Edad suficiente para saber unas cuantas alternativas. Pero si él había inventado algunas siendo solo un adolescente.

—¿Así que quiere ese libro para... investigar?

—Más bien de referencia. Prefiero tener datos contrastados antes de dar información o recomendaciones. Además, lo que pueda aprender del libro me ayudará a resultar más creíble en ciertas situaciones. Aunque tengo una licenciatura de cuatro años, dos años de especialización y dos años de experiencia laboral, me siguen considerando una novata.

—¿No sería más fácil que las mujeres la creyeran si lo que les dice estuviera fundamentado en... la experiencia? —preguntó Max fascinado.

Max tenía la esperanza de que le explicara

si hablaba así por experiencia o por presunción. Con las mujeres, nunca se sabía y ya hacía tiempo que no daba nada por sentado con una mujer.

–¡Me parece una idea estupenda! Muchas gracias por ofrecerse –le dijo ella haciendo que la cuestión le explotara en la cara.

–Pero... ¿ofrecerme para qué?

–Para hablar con las mujeres, por supuesto –contestó ella inclinándose hacia delante como para crear cierta complicidad–. Seguro que consigue reclamar su atención.

Max se echó hacia atrás.

–No.

–¿Se niega?

–¡Sí!

–¿Y para qué me da ese consejo? –lo increpó Maddie frunciendo el ceño.

Max miró a Cleo, que le devolvió la mirada. Era raro, pero la perra estaba callada. Max se aclaró la garganta.

–Me refería a que se lo contara usted.

–¿Usted me lo cuenta a mí y yo se lo cuento a ellas?

Max supuso que aquello contestaba a su pregunta sobre la experiencia de aquella mujer. Tal vez. No estaba muy seguro. Cada vez, sentía más curiosidad.

–Me encantaría... hablar de esas cosas con usted.

–Bueno, me lo pensaré. ¿Se le ocurre dónde lo habrá dejado Annie?

18

—¿Qué?

—Le cuesta seguir una conversación, ¿verdad? —le dijo exasperada.

—Normalmente, no —contestó él. De hecho, normalmente solía ser él quien llevaba las riendas de las conversaciones. No le gustaba mucho que fuera al revés.

—¿Qué va a ser? El libro, que es para lo que me he calado —contestó ella tamborileando con los dedos en el brazo de la silla.

—Voy a ver —indicó él agradeciendo la oportunidad de recomponerse. En ese momento, oyeron otro trueno y las luces se fueron. Max se volvió a sentar—. No, creo que no va a poder ser.

Estaban completamente a oscuras. Aunque el cielo estaba gris, solo era media tarde y todavía entraba algo de luz entre las nubes. De vez en cuando, veían algún relámpago, pero todos los aparatos habían dejado de emitir ruido. Ni las lámparas, ni el aire acondicionado, ni la pequeña nevera de la trastienda. Silencio completo.

Cleo aulló y se subió al regazo de Max. No era precisamente pequeña y, además, le sobraban unos kilos. Se le metieron pelos en la nariz y en los ojos y sintió un tremendo picor en la garganta.

Max la agarró al vuelo, pero, del impulso, los dos se fueron al suelo.

—Le dan miedo las tormentas. Por eso la he traído hoy conmigo. También le da miedo la oscuridad —explicó Max.

Esperaba que la mujer criticara a la perra, pero, en vez de eso, se arrodilló junto al animal, golpeando al dueño en la cara al hacerlo.

–Pobre perrita. No pasa nada –la consoló. Cleo se puso a gruñir y a ladrar, pero Maddie siguió acariciándola.

Aquella comprensión lo seducía. Max olió de nuevo aquel aroma que desprendía. Mujer y lluvia. Carraspeó y se preguntó si no estaría perdido.

Maddie se puso en pie.

–Voy a cerrar la puerta con llave. No es buena idea dejarla abierta durante un apagón.

Obviamente, se había olvidado de que tenía los pantalones rotos y Max pudo apreciar de nuevo aquellas braguitas de encaje rosa. Cualquier otra persona habría estado ridícula con el pelo mojado y una toalla enrollada alrededor del cuerpo, pero ella estaba de lo más atractiva. Con soltura, porque conocía bien la tienda, Maddie llegó a la puerta, la cerró y puso el cartel de cerrado.

Cuando se dio la vuelta, tenía una expresión extraña en la cara. Vio en su mirada una mezcla de anticipación, recelo y hambre. Sí, definitivamente, era hambre. Qué raro.

–Supongo –murmuró sin dejar de mirarlo– que deberíamos irnos.

Max asintió y se sentó con Cleo en el regazo.

–Sí, tengo que llevarla a casa. Allí estará mejor.

Maddie se mordió el labio inferior.

–Lo que pasa es que he venido hasta aquí en autobús y...

–No le apetece tener que esperar en la parada con todo a oscuras.

Maddie asintió.

–No se olvide de que llevo una toalla alrededor y los pantalones rotos. ¿Le importaría mucho llevarme?

Seguía teniendo aquella mirada y Max sintió más que curiosidad. No podía dejar que se fuera. Todavía, no.

–No hay ningún problema.

Tal vez, en el camino pudiera descubrir algo más sobre ella. Por ejemplo, si sería una buena esposa.

–Gracias –contestó ella con una gran sonrisa.

–El libro...

–No creo que lo podamos encontrar ahora. A no ser que sepa exactamente dónde lo ha dejado Annie...

–No, me temo que no –contestó él sintiendo baba de perro por el cuello. ¿Por qué se tenía que poner a babear Cleo cuando estaba nerviosa? Siempre estaba nerviosa. Por eso, él se había hecho el firme propósito de darle un hogar estable, para enseñarle el lado bueno de la vida.

Max la abrazó y vio que Maddie sonreía al verlo.

–Ya vendré mañana cuando esté Annie –dijo con una voz tan suave que lo hizo tensarse.

–Puede que Annie no esté mañana –señaló él poniéndose en pie e intentando ignorar que se le había acelerado el pulso–. Me estoy ocupando yo de la tienda mientras Guy y ella ultiman los preparativos de la boda.

Maddie frunció el ceño y luego sonrió.

–Es verdad. Se va a casar, ¿no? Es maravilloso. Guy está muy bueno –añadió en un susurro.

Max se sintió molesto por dos cosas. Por que dijera un piropo sobre otro hombre y por cómo lo había dicho.

–Se casan porque se quieren.

–Claro.

Max la miró fijamente.

–No parece creerlo y no se molesta en esconderlo.

Maddie se encogió de hombros y volvió a sonreír.

–Estoy segura de que serán muy felices. Lo que pasa es que no creo en el matrimonio.

–¿Le importaría decirme por qué? –preguntó Max descorazonado.

–Por supuesto que se lo diré, pero, mejor, en el coche –contestó dándose la vuelta. Obviamente, se había vuelto a olvidar del roto del pantalón, pero él, no. Rezó para que no dijera en serio lo del matrimonio porque, de lo contrario, iba a tener que mirarla y controlar su lujuria.

Capítulo Dos

«Tiene perro», penso Maddie con un suspiro de tristeza. Una perra gorda y fea a la que trata como a una reina. Su corazón estaba lleno de sentimientos sin nombre; de repente, Max Sawyers no era solo un cuerpazo, sino también un hombre compasivo y sensible. Aquello lo hacía todavía más atractivo, pero también más peligroso. ¡Solo quería sentirse atraída por él sexualmente!

Annie tendría que habérselo advertido. Le dijo que era apuesto, pero le tendría que haber dicho que era devastadoramente guapo. También le había dicho que era desdeñoso, pero las personas así no trataban tan bien a los chuchos.

Annie había dicho que Max era perfecto... en eso tenía razón. El problema era que era demasiado perfecto.

Maddie observó su perfil mientras conducía. Los limpiaparabrisas funcionaban a toda velocidad, pero, aun así, la lluvia no dejaba ver. Un trueno hizo que la furgoneta se moviera.

Maddie se sintió volar.

Aquel hombre era demasiado atractivo como para describirlo con palabras. Solo pensar en todo lo que sabía, todo lo que podría hacerle y enseñarle... Se le puso la carne de gallina. No por el frío; por Max. Sabía que se iba a sentir atraída por él, pero no estaba preparada para que le gustara desde el primer momento.

A pesar de su timidez natural, Maddie quería haberse sentado junto a él y lo habría hecho si no hubiera sido porque Max había colocado a la perra justo en medio. En cuanto Maddie intentaba acercarse un poco, Cleo gruñía. El animal estaba tan inquieto por la tormenta que Maddie tampoco quería angustiarla más.

Entendía a la perra. Su actitud a la defensiva era la misma que mostraban las mujeres con las que trabajaba ella. Se sintió solidaria con la perra, aunque Cleo no lo necesitaba porque ya tenía a Max completamente pendiente de ella.

Cleo la miró de reojo y gruñó con el labio subido. Maddie supuso que no era peligrosa porque no había hecho amago de morderla.

Cleo era la perra más fea que Maddie había visto en su vida.

Era rubia con rayas blancas y grises, una cabeza demasiado pequeña para un cuerpo tan corpulento, patas rechonchas. Parecía un experimento fallido, una mezcla de perro y cerdo enano, una bola de pelo con cabeza y patas.

Tenía alrededor de la cabeza un collar de pelo blanco que daba la impresión de que le hubieran pegado la cabeza en el lugar equivocado. Maddie supuso que tenía el rabo largo, pero como lo llevaba metido entre las patas y pegado a la tripa, no lo podía asegurar.

—¿Por qué su perra tiene tan mal genio? —preguntó con cautela. Al mirar a Cleo, vio que le estaba enseñando los dientes.

Max la miró, pero volvió la vista a la carretera, que parecía un gran charco.

—Porque su anterior dueño, fuera quien fuese, no la trató bien.

Maddie asintió. La perra prefería mantener a los extraños a raya para no volver a sufrir. Igual que Max, que recorría el mundo en busca de cosas que no encontraba allí. Cuando Annie le dijo que le encantaba viajar, sobre todo en vacaciones, Maddie había comenzado a darle vueltas a su psique.

Sus estudios y su trabajo le facilitaban el entender a los demás.

Entenderse a sí misma no era tan fácil. Sus amigos le habían tenido que decir lo que era obvio, pero eso no volvería a recurrir, no iba a volver a permitir que ningún hombre la humillara o se aprovechara de ella por su ingenuidad.

Miró a Max y, al ver que sonreía a Cleo con

ternura, le dio un vuelco el corazón. Aunque sabía que se le estaba yendo de las manos, se repitió que era un buen plan.

–¿Hace cuánto que la tiene?

–Me la encontré en mitad de la carretera hará un mes. Estaba ahí tirada y creí que estaba... –bajó la voz y continuó deletreando en lugar de hablando– MUERTA.

Maddie sonrió, horrorizada por la imagen que le describía.

–Supongo que la perra no sabe deletrear.

–Un poco –contestó él completamente serio–. Hay palabras que no puedo pronunciar ni por asomo, ni siquiera deletrear. Se enfada conmigo.

–¿Como por ejemplo?

–El sinónimo de inoculación o el profesional que las pone.

–Ah. ¿Odia al personal médico?

Cleo aulló. Obviamente, Maddie había dicho algo que la perra había reconocido.

–Exacto –confirmó Max.

–¿Y cómo hace para llevarla?

–Le hablo en francés –contestó él sonriendo a la perra–. A todas las féminas les gusta que les regalen el oído en francés. Se derriten.

–Yo no entiendo el francés y, si un hombre me va a regalar el oído, preferiría entenderlo.

Max se rio. Maddie no sabía por qué y se preguntó si la encontraría risible o atractiva.

–Tampoco aguantaba el baño, pero he conseguido que eso cambie –al oír la palabra baño, la perra levantó las orejas y ladró.

–¿Y eso?

–Le encantan las burbujas –contestó él sonriendo.

La perra volvió a ladrar.

Maddie se encontró sonriendo ella también, encandilada por Max y su excéntrica perra. ¿Qué más daba que las cosas no estuvieran yendo tal y como las había planeado? Annie no le había dicho que iba a haber una perra en la tienda, pero a lo mejor no lo sabía. Max le había dicho que la había llevado porque estaba lloviendo.

Aunque no estaban planeados, el roto de los vaqueros y la camiseta transparente, lo habían interesado.

–Me gustaría darle las gracias invitándolo a cenar –dijo cuando iban llegando a su calle.

Max la volvió a mirar. Tenía unos ojos tan oscuros e intensos que la hicieron temblar.

–Hoy, no puedo –contestó él–. Tengo que llevar a Cleo a casa para que descanse y se tranquilice.

–Perfecto. Mi apartamento es tranquilo y silencioso. ¿No sería mejor que pasaran, descansaran y comieran un poco hasta que haya parado de llover? –Max parecía indeciso, así que Maddie se inclinó hacia la perra–. ¿Te gustaría entrar, preciosa? –Cleo gruñó al ver su espacio personal invadido–. ¿Ve? Le gusta la idea –insistió Maddie. Sabía que la perra estaba celosa, pero no iba a dejar que un chucho diera al traste con sus planes.

–No le da miedo, ¿verdad?

Maddie se encogió de hombros.

–Creo que la entiendo. No le disgusto tanto, pero teme que le guste demasiado.

–A mí me llevó dos semanas –confesó Max– en ganarme su confianza para que me dejara acariciarla.

Al oír aquello, Maddie sintió un nudo en la garganta. ¡Cómo no iba a ser Cleo posesiva! Impulsivamente, se abalanzó sobre la perra, la abrazó del cuello y la achuchó. Tanto Cleo como Max se quedaron pasmados.

–Bueno –continuó Maddie con la voz temblorosa ignorando a ambos–, está claro que ahora lo quiere.

A Cleo la habían abandonado y la habían ignorado, como las mujeres con las que ella trabajaba.

Max interrumpió sus pensamientos.

–¿Por qué está en contra del matrimonio?

Maddie parpadeó sorprendida.

–¿Y ese cambio de tema?

–Porque parecía que se iba a poner a llorar –contestó él encogiéndose de hombros–. No puedo soportar ver a una mujer llorar.

–No lloro nunca –contestó ella sorbiendo y restregándose los ojos–. No es que esté en contra del matrimonio, no es exactamente eso. Lo que pasa es que no tengo ninguna prisa por atarme. Lo he intentado y fue humillante.

—¿Humillante?

—¿De verdad lo quiere saber? —preguntó al tiempo que le indicaba cuál era su calle. No le quedaba mucho tiempo, tenía que conseguir interesarlo o podría perder la oportunidad.

—Sí, quiero saberlo.

Maddie tomó aire e hizo un esfuerzo por no sonrojarse.

—Un día, volví a casa antes que de costumbre y me encontré a mi prometido atado a la cama, desnudo y despatarrado, y a una mujer que no había visto antes haciéndole cosquillas con una pluma.

—¿Está de broma?

—Gire aquí. Este es mi edificio —indicó ella roja al recordar aquella humillación. Levantó el mentón—. No, me temo que no fue una broma. La pluma era grande y amarilla.

—¿Y qué hizo usted?

Maddie sonrió. Era curioso. Podría utilizarlo contra él, al igual que su orgullo masculino. Cuando le había tomado el pelo con que no tenía ni idea sobre el libro, se había sentido sexualmente amenazado. Aquello le había disparado el corazón.

—Pase —le ofreció—, y se lo contaré.

—¿Le dijo la araña a la mosca?

Maddie volvió a sonreír.

—¿Teme que me lo coma?

Los ojos de Max se volvieron todavía más intensos.

–Sé cuando me están tirando los tejos.

–Me sorprende que se dé cuenta, después de haber admitido la confusión que tiene sobre los temas sexuales.

–Eso me suena a reto.

–Así es –contestó ella. Annie le había dicho que la seducción forzada funcionaba bastante bien con los hombres. ¡Desde luego, a Annie le había ido muy bien! Guy llevaba años resistiéndosele, pero en cuanto estuvo a solas con él y le puso las cosas claras…

Maddie sonrió al pensar en ponerle las cosas claras a Max. En cuanto estuvieran en la puerta, comenzaría el juego.

Max entró en el aparcamiento y apagó el motor. Cleo no estaba muy contenta con la situación y su mal humor se centraba en Maddie. Acarició a la perra sin dejar de sonreír. Una sonrisa impúdica, dado los pensamientos lascivos que ocupaban su cabeza. ¿En qué iba a pensar teniendo a Max sentado al lado? Aquel hombre olía bien, a pesar de que allí olía a perro mojado. Estaba estupendo con el pelo oscuro que le caía por la nuca y la camisa mojada que dejaba adivinar un torso y unos hombros musculosos.

Era muy amable, fuerte, simpático y comprensivo con Cleo y paciente con Maddie.

Max sonrió al ver que Maddie había peinado a la perra con raya en medio y suspiró.

–Muy bien, Maddie. ¿Qué hay de cena?

Estuvo a punto de contestar «tío bueno al horno», pero se controló a tiempo. Salió del coche y esperó mientras le ponía la correa a la perra.

–¿Qué le parece pollo? Se hace rápido –contestó pensando que luego podrían pasar a temas mayores.

–Bien.

Cleo ladró, por una vez, en señal de acuerdo. Maddie pensó sorprendida que el vocabulario de aquella perra era asombrosamente extenso.

–Al tuyo, le quitaremos los huesos para que no te atragantes.

–¿También va a dar de cenar a Cleo? –preguntó Max.

–¡No se me ocurriría ponerme a comer delante de ella y no darle nada!

–¿Y le va a quitar los huesos?

Maddie se encogió de hombros.

–¿Se la imagina ahogada con un hueso de pollo? No creo que fuera muy bonito –Max sonrió. Sonrió más y más hasta que la sonrisa se tornó risa–. ¿Qué? –su forma de reír hacía que sintiera un calor interno que la volvía del revés. Lo guió por el aparcamiento hasta la entrada. Él la seguía con Cleo en brazos y la perra, tan contenta.

–Maddie –dijo él haciendo que Maddie se parara y temblara. Tenía una voz tan suave, tan convincente. Si con una sola palabra era capaz de hacer aquello no quería ni pensar lo que podría hacer con las manos–. ¿Está segura de que no quiere casarse?

Maddie lo miró y vio que sonreía bromista, así que hizo un ademán en el aire con la mano. Desde luego, todo lo que le había contado su hermana sobre su soltería era cierto y estaba claro que pretendía seguir así.

Según Annie, las mujeres lo perseguían día y noche. Mujeres guapas, jóvenes, maduras, ricas y pobres. Había recorrido el mundo y, en todas partes, había sido objeto de deseo.

Pero seguía soltero.

Aquello decía mucho. Para empezar que, si quería salirse con la suya, tendría que actuar como si tal cosa.

–Bueno, supongo que me convertiré en esposa algún día, pero dentro de mucho tiempo.

–Si no quiere casarse, ¿qué quiere?

–Quiero entender la atracción de una pluma, quiero entender la lujuria y el sexo –contestó de espaldas a él–. Quiero tener unas cuantas muescas en el cabecero.

Dejó de oír pisadas tras ella. Incluso Cleo se había callado. Max corrió para recuperar el terreno perdido. No volvió a hablar.

Llegaron a su casa, que estaba en el segundo piso. Max había subido a la gorda de la perra en brazos, pero no estaba jadeando. Estaba en estupenda forma física.

No podía más. Quería ver su cuerpo entero.

–Ya hemos llegado –dijo ella intentando sonar alegre en lugar de triunfal. Se dio la vuelta y lo miró dispuesta a cerrar la puerta y no dejarlo escapar.

Max dudó en el umbral.

–Me acabo de dar cuenta –dijo mirando a la perra– que debería bajarla primero a que hiciera sus cosas. No quiero que le manche el apartamento –Maddie se puso nerviosa. ¿Se estaba intentando escapar ya? ¡Pero si todavía no había intentado nada con él! Tal vez, se hubiera pasado. No debería de haber dicho lo del cabecero–. Así le dará tiempo a cambiarse, que está empapada. Volvemos en cinco minutos.

–Muy bien. Dejaré la puerta abierta –contestó ella más tranquila.

–En cuanto vuelva, me lo cuenta.

Parecía una amenaza, pero Maddie se alegró de que dijera que iba a volver.

En cuanto se fue, ella corrió a su habitación, abrió el armario y empezó a buscar qué ponerse. A finales de abril, todavía hacía fresco. Un vestido de verano era demasiado, así que eligió un vestido de punto beis de manga larga. Le llegaba por la mitad de la pantorrilla, pero le marcaba el trasero y el pecho. Corrió al espejo y, cuando se vio, se preguntó quién estaba más fea, si ella o la perra. Agarró un peine e intentó arreglarse el pelo un poco a toda velocidad.

Oyó la puerta que se abría y se cerraba.

–¿Maddie?

–Ahora voy –contestó quitándose el maquillaje, que estaba hecho un asco. Le habían dicho que el sexo, cuando se practicaba bien, podía ser un asunto sudoroso. Seguro que Max lo hacía bien, así que no necesitaba maquillaje.

Salió del dormitorio intentando andar de forma sensual. Cuando llegó al salón, Max estaba mirando por la ventana y tanto él como la perra estaban empapados. Cleo la vio primero y se puso a ladrar.

Max se giró e intentó calmarla, pero, al ver a Maddie, se quedó sin palabras. Tragó saliva.

Cleo, desafiante, fue hacia el viejo sofá de flores y se subió, con mucho esfuerzo, para estirarse cuan larga era. Incluso con los ojos cerrados, seguía gruñendo.

Max se aclaró la garganta.

–Lo siento. La bajo…

–Está bien.

–Está mojada.

Maddie se encogió de hombros.

–Son fundas lavables –contestó ella mirando a la perra, que parecía un tocho de carne con pelos–. ¿Cree que tendrá frío? Puedo traerle una manta vieja –añadió en voz baja para no molestarla.

Max, algo confuso, se acercó.

–Tiene pelo –indicó a unos treinta centímetros de ella. Maddie pensó que había llegado el momento. Dejó a un lado sus inhibiciones y pensó en lo que iba a aprender aquella noche. Ningún hombre iba a volver a sorprenderla con sus preferencias sexuales... como plumas amarillas. Lo miró a la boca para tener valor, tomó aire y se lanzó.

Max, sorprendido, dio un paso atrás.

—¿Qué...?

Maddie lo agarró con fuerza y lo besó.

«No está nada mal», pensó venciendo su duda inicial. Sabía mejor de lo que se esperaba. Sabía a experiencia, a pecado, a hombre que intuía lo que iba a pasar. Un hombre que amaba a las mujeres y a su perra.

Sabía a deseo.

Maddie esperó a que la lujuria se apoderara del cuerpo de Max. Esperó a que sus instintos sexuales lo golpearan. Su ex le había dicho que los hombres no podían aguantar demasiada provocación. Por eso, él le había sido infiel.

Esperó.

Sintió que Max sonreía.

¡Maldición! Maddie abrió los ojos. No se estaba excitando, se estaba riendo.

Lo primero que pensó Max fue que no tenía ni idea de besar y lo segundo, lo suave que era. El tercer pensamiento fue «como Cleo se despierte, la liamos».

Cleo odiaba que otras féminas lo tocaran.

El hecho de que se hubiera dormido en casa de una desconocida, era señal de que se sentía más o menos a gusto con ella, algo que lo descolocaba completamente.

Si Maddie no se opusiera al matrimonio.

Max se quedó tieso, un poco sorprendido, algo divertido y un poco excitado. No le devolvió el beso, pero tampoco la apartó. Se limitó a sonreír ante su decisión.

–¿Qué pasa? –preguntó Maddie.

Sintió las palabras en los labios, unos labios calientes de excitación y ansiedad. Una mezcla peligrosa. Max la agarró de los hombros y la apartó para poder respirar.

–Ah, pero ¿necesitas mi colaboración?

–Bueno… –dijo ella indecisa–. Sí.

No podía para de acariciarla, de sentir sus huesos, pequeños, y su suavidad. Para ser una mujer sin pelos en la lengua, no tenía ni idea.

–Me parece que mi hermana te ha estado llenando la cabeza con sus tácticas de seducción.

Maddie asintió.

Era para reírse, pero no podía porque el deseo se lo impedía.

–¿Por qué? ¿Por qué me atacas… quiero decir, me seduces?

–¿Porque te deseo quizás? –dijo ella atónita.

–¿No estás segura? –preguntó Max intentando ignorar la suavidad de su cuerpo mientras intentaba saber qué estaba ocurriendo. Aunque parecía desearlo, Maddie no parecía de esas mujeres que se metían en la cama con un hombre que apenas conocían. No era que él la conociera, pero sabía lo suficiente sobre ella. Había estado prometida y había visto que era una mujer generosa y comprensiva. Había tratado a Cleo tan bien como a él.

Max comenzó a pensar que lo había engañado desde el principio.

–Seguro. Te deseo.

Se sintió obligado a decirle lo obvio.

–Conozco muy bien a las mujeres, Maddie.

–Lo sé –contestó ella separando los labios.

Parecía dispuesta a volverlo a intentar.

–Me refiero, pequeña tramposa, a que sé que tramas algo. Maddie Montgomery, ¿qué te traes entre manos?

Si un hombre le hubiera escrito a la revista para pedirle consejo sobre aquella situación, le habría dicho que saliera de allí corriendo. Se le daba muy bien dar consejos, pero no aplicárselos a sí mismo.

Maddie se encogió de hombros.

–Tal y como tú dijiste, seducción.

–¿Solo eso? –insistió él escéptico.

–¿Para qué iba a haber salido a la calle con el día que hace hoy? –dijo ella sorprendiéndolo–. Lo tenía todo planeado. Bueno, todo, no. No había contado con estamparme contra la puerta ni con que se me rompiera el pantalón. Pensé que, como llovía, conseguiría que me trajeras a casa…

—¿Y que terminaríamos exactamente como estamos?

—Más o menos. Contaba con tenerte desnudo y en la cama.

Max se rio. Fue una risa masculina de superioridad que intentaba ocultar su deseo.

—Te ha salido un poco mal, ¿no?

—Quería conocerte en persona. Annie me ha contado tantas historias estupendas sobre ti que era como si te conociera. Decidí que te deseaba, así que no me voy a quejar.

Cuanto más hablaba, más lo sorprendía.

—¿No te interesaba el libro? —preguntó casi aliviado. Pensar en una mujer que leyera aquellas ridiculeces lo hacía temblar.

—Claro que me interesa. Tiene muy buena pinta y me lo voy a leer de cabo a rabo. —Max gimió.

Al ver que aquello lo había decepcionado, Maddie se acercó y le puso la mano en el hombro mientras lo miraba con fervor.

—Pero lo que más me interesaba era conocerte.

Max se pasó una mano por la frente.

—¿Para seducirme?

—Sí.

Muchas mujeres lo habían buscado, pero ninguna se había lanzado contra una puerta, se había empapado bajo la lluvia ni había hecho caricias a su perra.

Aquello último era lo que más lo conmovía.

Estaba convencido de que era adorable. Era justo lo que Cleo necesitaba. Otra persona que se preocupara de ella y la hiciera sentirse querida. Pero Maddie había dicho que no se quería casar. Qué situación. Una mujer que le convenía, que le estaba suplicando que se acostara con ella, que le gustaba su perra y se veía obligado a rechazarla porque no quería una relación duradera. ¡Ironías del destino!

—Podrías conseguir a cualquier hombre. Eres guapa...

—Gracias.

—Y tienes buen tipo —ella sonrió—. ¿Por qué yo?

—Porque tú no eres cualquier hombre —contestó ella acercándose—. Eres un hombre con experiencia, con fama. He sido buena toda la vida y mira lo que he conseguido. Un tío que prefería plumas para hacer cosas pervertidas. ¡Lo quiero saber todo sobre las plumas! Quiero saberlo... todo.

—Siento contradecirte, pero las plumas no son tan pervertidas.

—¡Tú no viste dónde le estaba haciendo cosquillas aquella mujer!

Max tosió y decidió dejarlo estar.

—Así que quieres utilizarme para hacer muescas en tu cabecero, ¿no? —Maddie ladeó la cabeza. Aquello debería de haberle parecido una buena idea casi a cualquier hombre.

¿Por qué parecía estar ofendido?–. Todo porque el idiota de tu prometido te engañó.

–Fue muy humillante. No tenía la experiencia como para asumirlo, así que lloré y pataleé y quedé como una imbécil –dijo temblando al recordarlo–. Ojalá lo hubiera dejado allí atado.

Max sonrió.

–¿Y qué hiciste?

–Me da vergüenza decirlo, pero me quedé allí, mirando, sin saber qué decir. La mujer chilló, agarró el abrigo y salió corriendo.

–¿Así?

Maddie asintió.

–Se dejó la pluma. Troy estaba en una posición un tanto delicada, como te podrás imaginar.

Max pensó que era lo mínimo que se merecía.

–¿Cuánto tiempo lo dejaste así? –preguntó. Maddie se sonrojó–. ¿Maddie? Venga, dímelo.

–Me fui a cenar –Max sonrió ante su ocurrencia–. Y al cine.

–¿Qué viste? –preguntó Max riéndose.

–No me acuerdo. No presté mucha atención. Solo pensaba en cómo iba a hacer para que se fuera de mi casa –contestó mirándolo con aquellos enormes e inocentes ojos azules–. Pensé en llamar a una amiga para que fuera a soltarlo, pero luego me di cuenta de que a Troy no le gustaría que Annie apareciera por allí…

–¡No! No habría sido una buena idea.

–Lo sé. Eres muy protector con tu hermana. Me gusta –dijo acariciándole el pecho distraídamente–. Al final, decidí que tenía que ser lo suficientemente adulta como para enfrentarme a ello. Volví. En cuanto entré, Troy comenzó a insultarme y a amenazarme. Fui a la cocina y agarré un gran cuchillo.

–¿No le…? –Max vio que sonreía y sintió cierto alivio.

–Le metí un susto de muerte, sí. Era lo mínimo que se merecía. Pasó de los insultos a las súplicas. En cuanto le corté las ataduras de la mano derecha y se vio libre, volvió a insultarme.

Max vio algo en sus ojos que le dijo que aquello le dolía. Habían pisoteado su orgullo, desde luego.

–¿Qué te dijo? –le preguntó acariciándole la mejilla.

–Las típicas burradas que dice un hombre que ha pasado cuatro horas y media atado. Me echó la culpa de todo –dijo ella encogiéndose de hombros–. Me dijo que no era suficientemente mujer, que no era sensual, demasiado ingenua y recatada.

Max apretó los puños y deseó pasar unos minutos a solas con semejante cretino. Era obvio por qué Maddie quería poner a prueba su sexualidad.

–Espero que no le hicieras ningún caso.

Ella sacudió la cabeza.

–Le dije que era un canalla. Menuda cara intentar echarme a mí la culpa –dijo poniéndose roja y levantando la voz. Cleo bostezó. Maddie miró a la perra y siguió hablando en voz baja–. Decidí tomarme aquello como un presagio.

Max se sintió conmovido ante su fuerza. Desde luego, aquella Maddie Montgomery era una mujer de armas tomar.

–¿Y eso?

–El error de Troy fue decirme que debía ampliar mis horizontes antes de pensar en casarme. Sin experiencia, no me extraña que lo eligiera a él. Supongo que hace falta práctica para saber lo que quieres. Cuanta más experiencia tenga, mejor haré mi trabajo con las mujeres a las que ayudo y mejor me desenvolveré con los hombres que conozca en el futuro.

–Ya comprendo –dijo él sin comprender nada y pensando que no le hacía ninguna gracia imaginársela con otros hombres–. ¿Y quieres empezar a practicar conmigo? –Maddie sonrió, satisfecha de que lo hubiera entendido–. ¿Le vas a contar a tu prometido lo que estás haciendo?

–No. ¿Por qué? –contestó confusa–. Ya no es mi prometido, es mi ex, así que lo que yo haga o deje de hacer no es asunto suyo.

–¿Seguro que no quieres darle celos? –preguntó Max. No podría culparla por ello, pero esperaba que lo hubiera superado y se hubiera olvidado de él.

—¡Podría hacerlo, desde luego! Mírate —dijo mirándolo de arriba abajo como si lo estuviera lamiendo. Tomó aire, al igual que él—. Contigo, cualquier hombre se sentiría celoso.

—Gracias.

—Pero no quiero hacer eso. ¿Para qué? No soy idiota. Troy puede jugar con todas las plumas que quiera, mientras lo haga lejos de mí. No me interesa en absoluto —Max aceptó su sinceridad—. Pero, si lo que te preocupa, es tenértelas que ver con él, no te inquietes, nunca dejaré que te moleste. Te lo prometo.

—Eso no me preocupa —protestó él— y, desde luego, no necesito que me protejas.

Maddie le volvió a acariciar el pecho y suspiró.

—Ya veo. Tú amas, no pegas —apuntó ella distrayéndolo con sus caricias—. Eso es lo único que espero de ti, así que no hay problema.

¿Lo único? ¡Aquello era insultante! Valía para algo más que para practicar sexo.

—No me dan miedo las peleas.

—Shh —dijo ella intentando calmarlo y bajando la mano…

Max le agarró las muñecas. Tenía la respiración agitada y los músculos tensos. Aquella mujer lo estimulaba, lo excitaba y lo enfadaba.

—Maldición —¿por qué le afectaba tanto?

No había otra manera de hacerlo, tenía

que ser brutalmente sincero con ella. Cuanto antes, antes de que perdiera el control.

–Lo siento, preciosa, pero no me interesa.

–Sí, claro. Annie dice que a ti siempre te interesa.

La próxima vez que viera a su hermana, la iba a estrangular.

–Puede que hace un mes hubiera sido así, pero las cosas han cambiado.

–No me deseas –dijo Maddie.

Él le puso la mano en la mejilla y le acarició el labio inferior.

–Sí, sí te deseo. Eso puedes darlo por seguro –contestó viendo que ella no entendía nada. Él se moría de deseo y ella dudaba de sus encantos.

Maddie lo miró fijamente, sin entender nada, y, de repente sacudió la cabeza.

–¡Ya lo entiendo!

Max no quería preguntar nada. No sabía si quería oír su ocurrencia.

–¿Qué es lo que crees haber comprendido? –preguntó resignado.

–¡Cuando hablamos del libro! Tú no entendías nada.

–Eso no es cierto.

–No te indignes –dijo ella mirándolo con compasión–. Supongo que cada uno tiene la fama que le cuelgan y, a veces, puede ser exagerada. Debí saber que ningún hombre puede ser tan adicto. Es absurdo –Max iba a defenderse, pero Maddie no había terminado–. No te preocupes por lo que yo espere de ti. Si no lo sabes todo, no pasa nada. No voy a puntuarte. Yo no sé casi nada, así que seguro que no me daría cuenta si lo hicieras mal.

Por primera vez en varios años, se puso rojo de vergüenza.

–Pero qué dices…

–Seguro que salimos del paso. ¡El libro nos podría ser de ayuda! Yo solo quiero experimentar y tú eres guapísimo. Supongo que algo de verdad habrá detrás de tanta fama. Seguro que eso me inspira.

–¿Crees que… saldremos del paso?

–Sí. Si quieres, tú puedes tumbarte ahí y yo haré todo.

Max miró al techo mientras contaba hasta diez. Veinte. Era tan tentador enseñarle todo lo que sabía, métodos de seducción que había aprendido en otros países, tantas maneras de hacer que su cuerpo se retorciera de placer.

Tantas formas de hacerla suplicar más.

Los hombres que le pedían consejo en la columna, obtenían sus mejores ideas y, luego, las mujeres le mandaban cartas de agradecimiento.

¿Y aquella mujer esperaba que salieran del paso?

–No era eso en absoluto, preciosa –contestó con calma aunque hervía por dentro.

–Ya.

–¡Para de mostrarte tan escéptica! –exclamó sin poder más. Maddie se mordió el labio intentando obedecer. Max no sabía si quería besarla o estrangularla. Ambas opciones le parecieron atractivas–. Tengo motivos para no querer tener una relación solo sexual. No es porque no tenga experiencia ni porque me dé miedo una pelea.

–¿De verdad?

–Sí.

–¿Y cuáles son esos motivos?

Max abrió la boca, pero no dijo nada. ¿Qué le iba a decir, que quería una casa para su perra? ¿Que un chucho había conseguido lo que ninguna mujer habría soñado?

Incluso a él le sonaba ridículo.

–Ya no viajo.

–¿Por qué no?

–Porque he estado en casi todas partes y lo he visto casi todo.

Parecía fascinada, tanto como él cuando pensaba en recorrer el mundo.

–Annie me ha dicho que, a veces, estabas fuera durante meses. ¿Cómo lo hacías?

–Trabajando.

–¿En otros países?

–Sí y en los Estados Unidos –contestó encogiéndose de hombros–. Siempre hay cosas que hacer. He estado en barcos y he sido guía en Alaska. También hice de intérprete en las Olimpiadas de Japón –lo miraba con ojos como platos y Max se creció como un pavo. Lo único que le había faltado en todos

47

aquellos viajes había sido alguien con quien compartirlos. Se preguntó si Maddie sabría la cantidad de dinero que había ahorrado, que había viajado sin ningún tipo de lujo, que había vivido de la tierra. Era una manera barata de viajar y la única forma de ahorrar–. Hace poco, decidí que había llegado el momento de sentar la cabeza. Tengo otras responsabilidades que me atan aquí –concluyó sin saber por qué le había contado todo aquello.

–Annie me dijo que Guy esperaba que te hicieras cargo de la empresa familiar, pero no creía que lo fueras a hacer. Me alegro de que se equivocara. Me contó que tu padre se sintió muy herido cuando le dijiste que no querías tu parte del negocio.

Aturdido, Max se quedó sin palabras. Era cierto que Guy le había pedido varias veces que fuera a trabajar con ellos, pero ¿qué había que él y su padre no hubieran hecho ya? No quería ser uno más. No tenía nada especial, nada único, que aportar a la empresa. Nunca había sentido que lo necesitaran y se negaba a sentirlo ahora, solo porque Guy se casara con su hermana.

–En realidad –dijo molesto–, no es que no me interese la empresa. Es que tengo otro trabajo.

–¿Cuál?

Max ignoró la pregunta. La columna era algo personal y anónimo. Además, le llevaba poco tiempo, así que no era un buen ejemplo.

–Ya no viajo y ya no quiero relaciones vacías.

–No me gusta que me tildes de vacía.

–No he querido decir eso… Maddie, acostarse con alguien solo para hacer una muesca en el cabecero es algo vacío.

–¡A mí una relación basada en practicar sexo de forma salvaje me vendría muy bien!

–¿Ahora me dices que de forma salvaje? Pero si hace unos segundos me has dicho que me podía quedar ahí tumbado sin hacer nada.

Maddie parpadeó sorprendida.

–Pues era mentira. Era para convencerte. La verdad es que te quiero en movimiento y participativo.

–¿Quieres que sea salvaje?

–¿Podrías?

Max estuvo a punto de sonreír ante tanta educación.

–Sería poner el listón muy alto, pero, sí, podría hacerlo.

–No entiendo nada. Tan pronto alardeas de tus proezas sexuales como te muestras tímido y aseguras que no quieres tener relaciones.

–Para un hombre que ya lo ha hecho todo, es un poco aburrido –dijo cortante–. No estoy interesado.

–No te creo.

Cuanto más cabezota se mostraba, más azules se le ponían los ojos. ¿Sería igual cuando estuviera a punto de alcanzar el orgasmo? ¿Sería igual con él dentro de su cuerpo?

¿Sería tan argumentativa en la cama o se mostraría más sumisa cuando le diera lo que quería?

—Mira, no es que me vaya a hacer monje, pero quiero sentar la cabeza, encontrar una esposa...

Maddie le tapó la boca.

—¡Eso no tiene gracia!

—No lo es, pero es cierto. Quiero una esposa —dijo él apartándole la mano y percibiendo que tenía los dedos fríos.

—¿Y, entonces, por qué no estás ya casado? Según Annie, las mujeres se ponen a tus pies.

—Porque tengo unas condiciones muy precisas.

—Ah.

Parecía cabizbaja, pero Max no sabía por qué.

—Siento mucho decepcionarte, preciosa, de verdad.

Le aseguró que no le costaría nada encontrar a otro hombre. No debería jugar con nadie. Debería casarse y compartir todo aquel fuego durante toda la vida, no solo durante una noche.

Maddie se dio la vuelta y se alejó. Max observó el movimiento de sus caderas y se llamó idiota diez veces.

—Si te quieres casar, fenomenal, pero ¿por qué no te diviertes hasta que encuentres a tu media naranja? ¿No será que te asusto? —preguntó sin girarse a mirarlo.

Max sabía que lo estaba haciendo adrede, pero no podía soportarlo más. Había herido su masculinidad.

No aguantaba más a su libido, pero a Maddie Montgomery, tampoco.

Capítulo Tres

Max fue tras ella sigilosamente decidido a dejar las cosas claras. No podía jugar con su hombría. Le sobraba hombría. Eso podían atestiguarlo todos sus lectores.

Maddie no se había dado cuenta de que lo tenía detrás.

–¿Cómo me vas a asustar si besas como una colegiala nerviosa? –le dijo al oído.

Maddie ahogó un gritito.

Así era como él atacaba y, aunque la conocía solo hacía unas horas, sabía que aquella mujer tenía orgullo y sentido común... por eso estaba decidida a salirse con la suya. Su prometido le había herido y quería volver a recuperar la confianza en sí misma de la única manera que sabía.

Era una gran contradicción, pero Max se alegraba de que lo hubiera escogido a él. Lo que debía hacer era hacerla picar el anzuelo y tirar del sedal con cuidado.

–Nunca he dicho que tuviera mucha experiencia –se defendió–. ¿Tan mal lo he hecho? –añadió preocupada.

–No tienes delicadeza, preciosa. Ni rastro

de finura –contestó Max intentando esconder la ternura que le provocaba–. Me he sentido como un trapo –Maddie comenzó a girarse, pero él la agarró de los hombros y se lo impidió–. No me regañes. Tú has dicho que yo parecía un conejillo asustado, pero eso no es cierto y lo sabes. En realidad, yo diría que eres tú la que está muerta de miedo. Por eso te abalanzaste sobre mi cuerpo.

–Es que tienes un cuerpo de infarto, Max. No pude resistirme –apuntó Maddie. ¡Si seguía haciendo comentarios de ese tipo iba a ser difícil resistirse a ella!–. Prometo controlarme más en el futuro.

Max no quería que se controlara. Lo que quería era conocerla mejor, hablar con ella y luego dejaría que se le abalanzara todo lo que quisiera.

Tenía que conseguir que ella se intrigara tanto como él. Tenía que conseguir que quisiera algo más de él, aparte de las artes amatorias... aunque sabía que era uno de sus puntos fuertes.

–No me asusta que una mujer me ponga la mano encima. No es eso. Ya te he dicho que no me interesas –le susurró. Sintió la tensión del cuerpo de Maddie, su excitación, sus nervios–. Pero me siento tentado de demostrarte que lo que das por hecho sobre mí es cierto –añadió. La oyó tragar saliva. Bien–. ¿Quieres que te demuestre que no tengo reservas, Maddie?

–Sí –contestó ella sorprendentemente. Él había esperado que se mostrara ultrajada.

Max se rio y le rozó el cuello con los labios. Se dio cuenta de que Maddie siempre lo sorprendía y no le disgustaba la idea.

–Hay que ir siempre despacio –musitó–. Así crece el deseo.

La volvió a besar y paseó la lengua por su cuello. Max nunca había visto a una mujer que necesitara tan desesperadamente saberse deseable y tan vulnerable a la vez. Era audaz, bondadosa, sincera y práctica. Su piel estaba caliente. Se estaba calentando por momentos y sabía bien.

Maddie abrió las manos y estiró los dedos sobre la pared que tenía delante. Max se dio cuenta de que estaba temblando. Sintió deseos de abrazarla y de decirle que no había prisa, pero se merecía que le diera un poco de lo que ella tanto había pedido. Con un poco de suerte, ella solita se daría cuenta de que, con tiempo, las cosas salían mejor.

Le rozó la oreja con la lengua y pasó a inspeccionar el interior. Ella aguantó la respiración.

–¡Me has metido la lengua en la oreja!

–Sí –contestó él dubitativo.

Ella suspiró profundamente.

–Ha sido... ha estado bien. Nunca me lo habría imaginado...

Max sacudió la cabeza y pensó que su ex debía de ser un estúpido. Volvió a chuparle la oreja. Aquello hizo que a Maddie se le pusiera la carne de gallina.

–Un hombre que sabe lo que se hace debe tomarse su tiempo y dejar que las cosas se desboquen al final.

–¿Se desboquen?

–Sí –sonriendo al ver que Maddie tenía los ojos cerrados. Le agarró la mano derecha y se la llevó a la boca–. Hay que conseguir que el deseo vaya aumentando y aumentando. Normalmente, se suele desbocar. ¿Tú y tu prometido...?

–Ex prometido –puntualizó–. Sí, pero no se desbocaba nada. Era... –se paró a buscar la palabra adecuada– más bien normal y corriente. Supongo que no estaba mal –Max se prometió a sí mismo que no pensaría que «no estaba mal» después de haberse acostado con él–. Annie me ha dicho que...

–Olvídate de mi hermana. Tiene menos idea que tú –le aseguró–. O al menos era así antes de que Guy sucumbiera –le susurró.

–Ha leído muchos libros.

–¿Y te los ha recomendado?

–Sí, pero yo prefiero aprenderlo en mis propias carnes.

«Eso no hace falta que lo jures», pensó él.

–Nunca te olvides de los sitios menos obvios.

–Bien –contestó ella mirándolo por encima del hombro–. ¿Cuáles son esos sitios?

Max la apretó contra su cuerpo y le puso la

mano que tenía libre sobre el pecho izquierdo.

–Todo el mundo sabe que los pechos de las mujeres son zonas muy sensibles, ¿verdad?

–Sí.

Max sentía su corazón a toda velocidad. A pesar de dárselas de valiente, estaba nerviosa. Si su ex no le hubiera hecho aquello, no estaría allí. No era de las que se entregaba así como así. Despacio, bajó hasta el ombligo.

–Y esta también –añadió. Estaba estupenda. Tenía la tripa dura y firme. Su aroma de mujer estaba empezando a hacer estragos en él.

–¿Y más abajo? –preguntó ella esperanzada sacándolo de la nebulosa.

–Por supuesto, más abajo, también –contestó él afectado por su cercanía–, pero eso va mucho más tarde –añadió pensando que eso llegaría como dentro de una semana, si es que aguantaba–. Primero, hay que ir a otros sitios, sitios que también excitan.

–Pero no tanto como más abajo –insistió ella llegando a apretarse contra él.

Lo estaba haciendo flaquear, pero, en ese momento, Max oyó roncar a Cleo y volvió a tener las cosas claras. Cleo necesitaba un hogar y Maddie parecía ser perfecta para ayudarlo en eso. Era la única mujer que entendía a la perra. Sería la madre perfecta para ella.

Max pretendía ir despacio para que Maddie insistiera en volver a verlo. Una y otra vez hasta que se le quitara de la cabeza hacerse la experimentada en sexo y se decidiera a dar un paso más.

Max sonrió.

–Te voy a enseñar una cosa –dijo girándole el brazo y besándole la muñeca.

–Bien. Me ha gustado, pero...

No la dejó terminar. Le besó la palma de la mano, paseó la punta de la lengua dejando el rastro de saliva.

Ella suspiró.

Quería enseñarle lo estupendo que era ir despacio, pero no quería ponerse demasiado íntimo. Con delicadeza se metió el dedo corazón de Maddie en la boca.

–Dios mío –exclamó ella temblando.

Max disfrutó de su beso, pero quería más. Quería su cuerpo, su tiempo, quería que quisiera a su perra.

Estaba acostumbrado a conseguir siempre lo que quería.

Con la respiración entrecortada, Maddie apretó el trasero contra su erección.

–Max –jadeó.

Al darse cuenta de que se había pasado, de que sus juegos eróticos la habían excitado más de lo que se había imaginado, Max dio un paso atrás. Tuvo que sujetarla para que no se cayera.

Maddie se dio la vuelta.

–Has leído el libro –lo acusó sonrojada–. Sabes exactamente lo que estás haciendo.

–No necesito leer ese maldito libro –contestó él mirándola a los ojos.

Ella no parecía muy convencida.

–Bueno, me da igual. Yo lo que quiero es que tengas una aventura conmigo.

Max se sonrió. Mira que era insistente, divertida y dulce. Deseaba decirle que sí.

–Ya te he dicho que no puedo.

–¡Te encanta reírte de los demás, Max Sawyers! Seguro que hay una palabra para describir a los hombres como tú.

–Sí. Experimentados –contestó. Se negaba a cargar con toda la culpa cuando ella lo había incitado. Además, solo le había besado el dedo, no todos los sitios que le habría apetecido.

Se le aceleró el corazón al pensarlo.

–Me parece que te mueres por hacerlo –dijo ella.

–Por supuesto –apuntó él. Lo único que quería era que Maddie aceptara sus condiciones

–Obviamente, no te soy indiferente como mujer –continuó mirándole la entrepierna–. Porque supongo que no llevarás un rollo de monedas en el bolsillo.

¡A la porra las condiciones!

–¿Un rollo de monedas? –repitió indignado. Ella se encogió de hombros–. ¡Yo diría más bien una linterna!

–Supongo que el tamaño depende de cómo se contempla el objeto en cuestión.

–Y tú no has visto nada todavía, así que no te atrevas a decirle a un hombre que su cuestión es pequeña –puntualizó él deseando enseñarle lo impresionante que era... no, no debía hacerlo. Tenía que resistirse.

Maddie lo miró. Sabía que estaba a punto de ganar.

–¿Qué más da que sea grande o pequeña si te niegas a aceptar mi estupenda oferta?

Max tenía muy claro que era una oferta estupenda y, de hecho, unos meses atrás la habría aceptado sin pensárselo.

–¿Por qué tienes tanta prisa? –preguntó ganando tiempo para pensar.

–Porque tengo veintiséis años. He sido buena toda mi vida y lo único que he conseguido ha sido un compromiso roto y mucho tiempo.

–¿Por qué me has elegido a mí? –preguntó él esperando algún cumplido.

–¡Porque te conozco perfectamente! Annie me ha hablado mucho de ti. Desde el primer momento, tus historias me encandilaron. Tú eres todo lo que yo no soy.

–¿Cómo? –preguntó Max sorprendido.

–Divertido, experimentado, valiente. Yo siempre he sido una beatilla, lo que en mi profesión no es una ventaja y, obviamente, en mi vida personal, tampoco.

–Que tu compromiso se haya roto ha sido una bendición, si me permites que te lo diga.

–¡Estoy de acuerdo! Ahora que no estoy

con nadie, quiero tener mis propias experiencias. Tal y como tú dijiste, tendré mejor perspectiva y me lo pasaré bien. Además –añadió tímidamente– es como si te conociera. Contigo me siento... segura.

Max se dio cuenta de que, tal vez, se estaba equivocando. Maddie estaba actuando así por despecho ante el episodio de la pluma. Tanta prisa probablemente era porque, de lo contrario, se echaría atrás.

Tal vez, si le mostraba lo satisfactoria que podía ser una relación de verdad, se olvidaría del anticipo sexual que le acababa de dar.

Aquella idea era mucho más tentadora que irse. No le apetecía irse. Quería hacer el amor con ella.

¿Por qué no? Maddie cumplía sus requisitos. Le gustaba su perra, quería mucho sexo y estaba buena.

Estaría manteniendo la promesa que le había hecho a Cleo y disfrutaría mientras tanto. ¿Qué más podía pedir?

Necesitaba más tiempo para convencerla de que se casase con él. Sabía que si lo conseguía, sería una mujer generosa y leal. Le gustaba Cleo. Incluso, tal vez, conseguiría que se enamorara de él.

Decidió disfrutar de la cena y ver qué pasaba. Seguro que no se aburriría con ella. Entonces, bajó la vista y se quedó mirando los pechos de Maddie. ¿Qué era aquello que ponía en el vestido? «En plena floración». «Recién cortada».

—¿Pretendes liarte conmigo o con todos los hombres del mundo? —preguntó celoso.

Maddie intentó calmarse, pero era imposible con Max mirándole los pechos. Su voz, aunque enfadada, había sido como un beso.

Recordó sus caricias... su dedo no volvería a ser nunca el mismo. Se dio cuenta de que lo tenía apartado de los demás, todavía con saliva.

¡Pero si solo era un dedo!

Maddie carraspeó e intentó ser tan borde como él.

—Bea, una de las mujeres de la clínica, trabaja creando eslóganes para ropa —dijo intentando hablar normal—. Este era para una floristería. Fue todo un éxito, por cierto. Si comprabas determinada cantidad de flores, te la regalaban. A los más jóvenes, les encantó. Se dispararon los pedidos para bodas.

—Ya me lo imagino.

—El otro era para una empresa que hacía mermeladas.

—¿De melocotón?

—Y de fruta de la pasión, de kiwi, de moras. No te quiero ni contar el eslogan de la de la fruta de la pasión —contestó mirando el vestido. Sabía que le sentaba bien, pero no había conseguido llevarse a Max al huerto—. A mí, me gustan.

–A mí me parecen bastante groseros.

Maddie se rio y decidió volver al ataque.

–Claro, no me extraña que un hombre a quien asusta dejarse llevar por sus instintos más primitivos, lo intimide algo así.

–¡No me intimida! –le espetó él dispuesto a estrangularla.

Maddie suspiró. Sabía que era cierto. No era el ligón sin escrúpulos que se había imaginado. No, Max Sawyers era un hombre amable, que quería a su perra y que tenía un código del honor que lo obligaba a rechazarla una y otra vez.

Max quería ir despacio, pero eso implicaba conocerlo mejor y ya le gustaba demasiado. Cuanto más tiempo pasara con él, más peligraba su corazón.

No quería enamorarse de otro hombre. Podría volver a sufrir. No, no pensaba volverse a dejar engañar. Si Troy, que tampoco tenía tanta experiencia, jugaba con plumas no quería ni imaginarse con qué jugaría Max... aparte de con el corazón de las mujeres. Interesarse por él sería ir de mal en peor.

–¿Lo de la cena era una broma o iba en serio? –preguntó él justo cuando Maddie estaba a punto de darse por vencida.

–¿Podría sobornarte con la comida? –inquirió ella retomando la esperanza.

–No.

A pesar de la negativa, Maddie se rio. Le encantaba su sinceridad. Sabía que nunca le mentiría, se lo había dicho su hermana. Era un soltero de oro, pero era honorable.

–¿Me ayudas en la cocina?

–¿Te vas a portar bien?

–¡Por supuesto que no! –sonrió ella encantada con su complicidad. Se lo estaba pasando bien. Hubiera sido mejor otra cosa, pero aquello no estaba mal–. No sabía que convertirse en vampiresa iba a ser tan divertido.

–Todavía no eres una vampiresa, Maddie.

–Venga, cuéntame tus viajes mientras cocino. Desgraciadamente, estaremos tranquilitos –le dijo ella tocándole el hombro.

Una hora después, la cena estaba lista. Le había sorprendido ver que aquel hombre se desenvolvía muy bien en la cocina. Un punto más a su favor para que le gustara. Frunció el ceño. No formaba parte del plan que le gustara.

Al dejar la comida sobre la mesa, oyó a Cleo que se estiraba en el sofá y, aunque todavía tenía los ojos cerrados, quería salir corriendo hacia ellos.

Maddie se rio.

–Está hecha una vaca, pero no ha perdido el sentido del olfato.

–Cleo –dijo Max en voz baja–. Comida.

La perra saltó del sofá y se sentó a su lado.

–Cuando me la encontré, estaba muerta de hambre. Ahora come como una glotona.

Maddie sintió que se le llenaban los ojos de lágrimas.

—Es como una niña malcriada —le recriminó a Max—. A veces, dar todos los caprichos no es demostrar amor. Mírala. Tiene que comer menos y hacer más ejercicio. Por lo menos, cómprale comida que no engorde.

Maddie se puso a cortar el pollo, sin piel, en trocitos. Max la observaba curioso y sonriente.

—Deberías tener perro, Maddie.

—Lo haría si pudiera permitírmelo —le contestó. Durante toda su vida, había querido un perro y un gato y una casa... y un marido e hijos. Maddie sacudió la cabeza. Aquello ya no podría ser—. No gano mucho y no se me ocurriría tener un perro si no pudiera darle lo mejor —Max no dijo nada, pero la miró de forma extraña—. Ven, pequeña —añadió dejando el plato en el suelo. La perra gruñó y ladró mientras ella la acariciaba—. Me parece que venden comida para perros con problemas de peso.

—No le gusta la comida de perro —apuntó Max.

—Pues disfrázasela al principio con pollo o algo que le guste. Le vendría bien.

—No me puedo creer que, de verdad, te preocupes por ella —comentó mirándola a los ojos.

—¿Quién sabe? —rio ella—. Tal vez, así estaría de mejor humor. ¿La sacas de paseo?

—Por el parque.

—Tal vez, podría ir con vosotros —dijo Maddie bajando la mirada para que Max no se diera cuenta de cuánto le apetecía.

–Tal vez.

–¿Lo dices en serio? –preguntó volviéndolo a mirar.

–Claro. ¿Por qué no? No dejas de sorprenderme, Maddie Montgomery.

Maddie se puso roja sin saber por qué. Probablemente fuera porque se lo había dicho con admiración en la voz y deseo en los ojos. Al menos a ella, le había parecido deseo. No era una experta, pero tenía muchas esperanzas.

–¿Lo suficiente como para rendirte, como para sacarme de mis miserias, para ser la primera muesca del cabecero?

–Podría ser –contestó él tras masticar el pollo que tenía en la boca y beber un poco de leche.

Maddie abrió los ojos como platos. «Podría ser» era mucho mejor que «No me interesas». Estaba haciendo progresos. Durante el resto de la cena, apenas tocó la comida.

Cleo terminó de cenar y se volvió al sofá. Maddie la observó. Caminaba más despacio que antes de comer y, al tumbarse, parecía el doble de gorda.

–¿En qué estás pensando?

Maddie se puso roja.

–Estaba pensando en cómo podría hacer para ponerla a régimen.

Max no se enfadó. Asintió.

–Buena suerte. Si lo consigues, te deberé un favor. La última vez que fuimos al veterinario...

Al oír aquella palabra, Cleo abrió un ojo y se cayó del sofá. Al verse allí sola, se sorprendió y se avergonzó.

Max se limitó a negar con la cabeza, pero Maddie se levantó y fue hacia ella.

–Shh, no pasa nada –la tranquilizó. No soportaba ver a nadie sufrir.

A pesar de que la perra gruñía, la abrazó y le repitió las mismas palabras.

Cleo se acercó a Max sin quitarle el ojo de encima a Maddie. Esta se dio cuenta de que la perra miraba a su amo como pidiendo ayuda. Era obvio que no sabía cómo canalizar el afecto de Maddie. Aquello le recordó a las mujeres con las que trabajaba. Al principio, se comportaban así.

Cuando se conocían mejor, la adoraban y ella las adoraba también. Albergaba la esperanza de que con Cleo ocurriera lo mismo.

Max se rio.

–Sigue sin confiar en mí –apuntó Maddie desde el suelo.

–No. Lo que pasa es que no sabe por dónde vas –dijo el poniendo a la perra en su regazo.

Maddie suspiró. El regazo de Max parecía un sitio muy cómodo, pero no había sitio para las dos.

Cleo le dio un lametazo de agradecimiento en la mejilla y volvió a mirar a Maddie con el ceño fruncido.

—Estás llena de pelos –le dijo Max mirándole el pecho.

—Oh –dijo ella quitándoselos. No le importaba mucho, la verdad.

—Baja –indicó Max al animal.

La perra se fue de nuevo al sofá, bostezó, se estiró y suspiró relajada.

Maddie sonrió.

—No volveré a mencionar esa palabra que empieza por «V». No me gusta verla así.

Sin previo aviso, Max la levantó del suelo y la sentó entre sus muslos. Un bonito sitio. Ella lo miró y se apoyó en sus hombros para no caerse.

Max le miró la boca.

—Me has convencido.

Maddie sintió que le daba un vuelco el corazón.

—¿De qué? –preguntó sin quererse hacer ilusiones.

—De que una aventura sexual entre nosotros estaría bien.

—¿Quieres?

—Quiero, puedo y lo deseo.

«Bien, bien, bien».

—¿Ahora?

Max miró a Cleo, que roncaba, y sonrió.

—Ahora –contestó mirándola como si le estuviera viendo el alma– si estás segura de que es eso lo que quieres.

Maddie estaba más que segura.

—Sí.

Max la agarró y la puso a su altura. Maddie se encontró con la tripa contra su ingle. Tragó saliva. ¡Estaba excitado de nuevo! ¿O sería que estaba así desde antes?

Sintió que se mareaba al pensarlo.

Max la miró a los ojos y no dejó de hacerlo hasta que sus labios se tocaron. Ella cerró los ojos. El calor de su boca, su olor masculino, sus manos. Maddie se estaba consumiendo.

«¡Por fin!», pensó Maddie antes de no poder pensar en nada.

Capítulo Cuatro

Max la saboreó profundamente, dispuesto a caer hasta el final. No había imaginado que ver a una mujer abrazar a su perra fuera tan afrodisiaco. Quería a Cleo. La había querido desde el momento en el que quiso morderle cuando la sacó de la carretera. El ver a otra persona que se preocupaba por ella lo había embriagado.

Hasta que no encontró a Cleo, creía que lo tenía todo en la vida.

Había creído tenerlo todo hasta que no había visto a Maddie abrazar tan fuerte a su perra que no la había dejado aire para gruñir.

Al verla arrodillada junto a Cleo, había sentido algo indescriptible, había sentido que le estallaba el corazón.

Entonces, los sentimientos se habían mezclado con el deseo que llevaba tanto tiempo intentando controlar y ya no había podido resistirse más.

Le temblaban las manos. La miró a los ojos. Cómo la deseaba.

Sabía que no era solo una necesidad física. Aunque físicamente no había ninguna duda de que la deseaba. Estaba tan excitado que los vaqueros lo estaban matando. Pero no era solo eso. Maddie había dado de comer a Cleo mientras que las demás ni la miraban ni, mucho menos, la tocaban.

Max había sabido ver, tras el mal genio de Cleo, que la perra necesitaba cariño y Maddie lo había visto, también. Era una mujer especial, demasiado especial para dejarla escapar. Era perfecta para la perra y era perfecta para él. Ya se las apañaría para convencerla de que se casaran.

¿Qué mejor comienzo que hacer que lo necesitara físicamente?

Le acarició la comisura del labio con el pulgar.

—¿Por qué no vas a prepararte mientras yo recojo los platos? Estaré contigo en cinco minutos.

Maddie abrió los ojos como platos.

—¿A prepararme?

Parecía escandalizada y Max no puedo evitar sonreír.

—No tienes que ponerte lencería provocativa ni embadurnarte de aceite. Tal vez, quitarte los pelos de Cleo de la ropa o abrir la cama. A la mayoría de las mujeres les gusta tener unos segundos de intimidad —le explicó. Ella lo miró sin entender nada y él suspiró—. Tendrás algún método anticonceptivo a mano, ¿no?

—Eh...

Max sintió unas irreprimibles ganas de reír o de llorar.

—Me parece, por la cara que has puesto, que no.

—Supuse que tú tendrías preservativos —contestó ella mojándose los labios.

—Suelo, pero hoy, no —contestó. Había sido una medida que se había autoimpuesto para cumplir su promesa. Era muy escrupuloso con el tema, así que, si no había protección, no había nada. Punto—. Si quieres, voy a una farmacia.

—¿Cuánto tardas? —preguntó ella con ojos hambrientos.

—Media hora, como mucho. ¿Por qué? ¿Te tienes que ir? —inquirió él pensando que encajaría muy mal que hubiera otro hombre esperándola.

Maddie negó con la cabeza.

—No, pero es que estoy... impaciente.

Max le acarició la mejilla. No podía dejar de tocarla. Su sinceridad lo excitaba también.

—Me daré prisa —le aseguró. «Toda la prisa que pueda»—. Tengo tus llaves, así que entraré sin llamar. Prepárate y, si Cleo se despierta, le dices que ahora vuelvo —le dijo. Vio que dudaba—. ¿Qué pasa?

—¿Y no cambiarás de opinión?

Max sintió una inmensa ternura hacia ella. Sentía tantas cosas por ella que se obligó a levantarse para no caer en la tentación de acostarse con ella sin precauciones.

–No cambiaré de opinión –le aseguró.

Estaba lloviendo a cántaros y, mientras iba hacia el coche, se caló hasta los huesos. Condujo más rápido de lo que debía. Había una mujer adorable esperándolo. Una mujer sensual e ingenua. No podía más, necesitaba poseerla y demostrarle lo idiota que había sido su ex.

Compró los preservativos y se volvió a calar. No le importaba demasiado porque esperaba deshacerse de aquellas ropas pronto.

Al entrar, no se oía nada. Solo los ronquidos de Cleo. Debía de estar soñando porque movía las patas traseras como si estuviera persiguiendo algo. Max sonrió.

Cleo le recordaba en algunas cosas a Maddie. Tan pronto se mostraba cabezota e insistente como se tornaba tan dulce que le entraban deseos de abrazarla durante toda la noche.

No podía abrazar a Maddie toda la noche. Se iba a tener que ir para que Cleo estuviera en su casa cuando se despertara. La perra tenía un problema que dudaba mucho le interesara descubrir a Maddie.

Si no hubiera sido porque había instalado una puerta de mascotas para ella a los dos días de llegar, todas las alfombras de la casa habrían quedado destrozadas. No era culpa suya, así que nunca la regañaba. Se despertaba desorientada y nerviosa y se ponía a dar vueltas. Siempre que no había podido más, se había mostrado avergonzada. Al final, Max acababa haciéndole caricias en lugar de reprendiéndola.

En cuanto le pusieron su puerta, había aprendido a esperar hasta estar fuera.

Max le acarició el lomo y miró hacia el dormitorio de Maddie. Vio que la puerta estaba entornada y la luz encendida. Se tensó de anticipación.

Solo había una habitación. Era una casa bonita, pero pequeña. La cocina daba a un pequeño comedor salón con televisión y cadena de música. La librería estaba llena de libros. Nada de fotos o baratijas. Eso decía mucho de su intelecto. Se imaginó *Alternativas satisfactorias al coito* allí puesto y sonrió. Tal vez, tras unos días, no necesitara el libro.

Todo estaba decorado con motivos florales. Le gustaba y le pegaba mucho a ella.

Con la bolsa de la farmacia en la mano, se dirigió a su habitación. Se la imaginó desnuda, en una postura sensual, con el pelo sobre la almohada.

Se imaginó su sonrisa y sus ojos azules.

Aguantó la respiración y abrió la puerta.

—¡Dios, qué susto me has dado! —exclamó ella.

—¿Esperabas a otro? —preguntó él apoyado en el marco de la puerta.

No estaba desnuda y no estaba en postura sensual alguna.

Llevaba un camisón azul hasta las rodillas.

Bonitas rodillas, estupendas pantorrillas, pies pequeños...

–Claro que no –contestó apartándose de la ventana desde la que había estado contemplando la tormenta. Nerviosa, entrelazó los dedos a la altura de la tripa y jugueteó con los pies–. Has tardado menos de lo que pensaba y no te he oído entrar.

–No quería despertar a Cleo –contestó sin decirle que había ido a mil por hora.

–¿Sigue dormida?

–Como un bebé.

Maddie sonrió y él se dio cuenta de que era una sonrisa forzada. No podía meterle prisa, a pesar de lo mucho que la deseaba. Cada vez que la miraba, ella se sonrojaba, así que Max desvió la vista hacia la cama. Comprobó divertido que tenía cabecero. ¿Sería capaz de hacer una muesca?

–Creía que te iba a encontrar en la cama.

–No estaba segura de que quisieras encontrarme en ella.

–¿Ahora importa lo que yo quiera? –preguntó sorprendido.

–Creí que preferirías hacerlo contra la pared o haciendo equilibrios en una silla –Max se quedó perplejo–. No me interesa algo convencional –dijo ella acercándose–. Quiero algo más atrevido –añadió señalando una butaca de flores–. Tiene brazos y es cómoda.

Max se quedó con la boca abierta. Aquella proposición le hizo imaginársela inclinada con el trasero en pompa. Aquello no hizo más que aumentar su libido.

«Contrólate, contrólate», se dijo a sí mismo. Tomó aire.

—¿Quieres perversión?

Maddie movió la cabeza emocionada.

—Ya que voy a hacer esto, quiero hacerlo todo.

Max se dio cuenta de que estaba haciéndolo sentirse un hombre fácil. Aquello lo molestó. Quería que la primera vez fuera romántica, no solo sexual. Nunca le había importado ser romántico, pero aquello había cambiado. Maldición. No le iba a resultar fácil entablar una relación si ella no dejaba de insistir en comenzar con jueguecitos raros desde el principio.

Siempre le había parecido que sobre la postura del misionero de toda la vida había mucho que decir.

—Muy bien. ¿Con qué te gustaría empezar? —preguntó intentando parecer tranquilo.

—No lo sé. Se supone que tú eres el experto.

—¿Qué te parece un *ménage à trois*? —le sugirió sabiendo que a la mayoría de las mujeres le parecería una mala idea.

—¿Lo harías por mí?

Max sintió deseos de tragarse la lengua. Empezó a pensar que había cometido un gran error y a dilucidar cómo iba a salir de allí.

Entonces, Maddie se acercó a su cuerpo y él sintió que su decisión se desvanecía.

–¿Conoces a algún hombre que esté dispuesto o tengo que salir yo a buscarlo? –preguntó de lo más inocente.

–¡Un hombre, no! –exclamó él dando un paso atrás–. Me refería a otra mujer.

–¡Ni por asomo! Aquí mando yo –dijo sonriendo. Le había tomado el pelo–. ¿Cómo iba a querer compartirte?

Max se rio y ella estuvo a punto de besarlo.

–Shh, vas a despertar a Cleo.

–Eres muy graciosa –dijo él apretándola contra su pecho y la besó con fruición. Maddie no se quejó. Se limitó a abrazarlo con fuerza.

–¿Qué te parece si nos desnudamos y nos metemos en la cama? –propuso Max.

–¿Para hacerlo de la manera convencional?

–Te prometo que es una bonita forma de empezar, preciosa.

Aquello pareció tranquilizarla. Sin decir palabra, dejó caer el camisón, se dio la vuelta y se dirigió a la cama. ¡Menuda vista!

Max se sintió arder. Creyó perder el control, pero lo recuperó. Estaba decidido a ser la mejor muesca en el cabecero de la señorita Maddie Montgomery.

–Tienes un trasero precioso, Maddie –le dijo mientras se quitaba la camisa.

–¿De verdad? –preguntó ella sonrojada y sonriendo mientras se deslizaba bajo las sábanas.

–Sí –contestó él quitándose los zapatos.

–Date la vuelta.

–¿Por qué?

–Porque quiero ver si tú también tienes un buen trasero.

Obediente, se giró y se sorprendió al oírla silbar.

–No está nada mal –dijo dando unos toquecitos en la cama–. Ven aquí.

Max no pudo negarse y, en cuanto se tumbó, ella se le colocó encima. Sintió su piel suave y su pelo sedoso sobre su cuerpo. Casi no le dio tiempo ni a tomar aire porque se encontró con su boca encima de la suya.

Max luchó por controlarse, pero no era fácil porque su mente se resistía a ceder, pero su cuerpo opinaba de otra manera.

–Maddie –dijo intentando apartarla. A pesar de ser delgada, era más fuerte de lo que parecía.

–Te encanta bromear, Max Sawyers. Deja de tomarme el pelo y ríndete –dijo mordiéndole el cuello.

Max forcejeó y la tiró sobre el colchón.

–¿Quieres pelea? Vamos allá.

–No hay manera de luchar si me tienes así agarrada bajo tu peso, simio.

Max estaba encantado de que lo deseara tanto.

–¿Por qué no hablamos antes un poco? –sugirió. Necesitaba tiempo para recobrar el control.

–No te he traído a la cama para hablar.

Max se sintió utilizado de nuevo.

Que lo desearan a uno físicamente era estupendo, pero Max quería estar seguro de que lo había elegido a él por algo más que por su cuerpo o su fama. Necesitaba saberlo.

«¡Qué bonito para un semental!», pensó.

Maddie había dejado muy claro que no le interesaba conocerlo. Solo quería hacerlo con él.

Max quería decirle que podía darle algo más que sexo, algo más que cama, pero le pareció una estupidez. ¡Venga, esa mujer quería sexo! Hasta hacía poco, el sexo sin ataduras había sido una de sus materias preferidas.

Pero todo había cambiado.

—Muy bien, vamos a dejar claro que tipo de extravagancias te gustaría hacer —sugirió Max.

—Todo —contestó ella intentando soltar los brazos. No lo consiguió. Al final, se rindió y se quedó mirándolo. Tenía el pelo alborotado de forma sensual, estaba sonrosada y tenía la boca abierta.

Max suspiró. Estaba tan excitado que le dolía la ingle y aquello iba en aumento.

—¿Qué te parece dando azotes en las nalgas?

Maddie abrió los ojos. Bien, por fin se había sorprendido.

—No creo que pudiera contigo en el regazo. Eres demasiado grande —contestó.

Max se sentó. Maddie se dio cuenta de que se había pasado de lista. Él la agarró antes de que pudiera escapar y la colocó sobre sus muslos. Maddie dio patadas, pero él se moría por darle unos cuantos azotes.

–¡No te atrevas! –gritó ella al sentir sus manos.

–¿Que no me atreve a qué? ¿A esto?

–¡Max!

Le dio una palmada flojita, pero ella gritó y forcejeó.

–¡Max Sawyers, para inmediatamente!

–Estás de lo más sexy así, Maddie.

Ella paró de rebelarse y se dio la vuelta.

–¿De verdad?

–Estás desnuda. ¿Cómo no me iba a parecer que estás sexy?

Ella se mojó los labios.

–No me harías daño, ¿verdad, Max?

Él le dio la vuelta y la acunó entre sus brazos protectores. Maddie estaba sonrojada, nerviosa y excitada. Max lo percibió y sintió que le daba un vuelco el corazón de nuevo.

–Aunque me lo pidieras.

Maddie le tocó los hombros con la mano izquierda. Palpó sus músculos, enredó los dedos en su pelo del pecho y lo miró. Sus ojos eran pura lujuria.

–Maddie…

Ella se echó hacia delante y lo besó en el cuello.

–Por favor, ya basta de bromas. Llevo toda la vida soñando con esto y te deseo con toda mi alma.

–Bien –contestó él. No tenía fuerzas ni para bromear. Ni siquiera para respirar.

—Me encanta cómo hueles, Max.

Max la abrazó más fuerte. Por fin, estaban yendo a paso normal hacia un final adecuado.

—A mí también me gusta cómo hueles, preciosa. Dulce, suave y femenina.

—Femenina no es un olor.

—Mmm. Sí, sí lo es, es el aroma único de cada mujer.

Maddie le acarició el pezón con el pulgar.

—¿Recuerdas lo que te he dicho del tamaño de tu sexo?

Max le puso la mano en el trasero.

—Has herido mi orgullo masculino. ¿Cómo lo iba a olvidar?

—Era una broma. No tienes nada pequeño, ¿verdad que no?

Max la miró a los ojos y perdió la batalla. Se echó hacia atrás y dejó que ella se le pusiera encima. La dejó hacer, disfrutó de los besos que le dio por la cara, el cuello y el torso. Se sumió en los movimientos de su pelvis sobre su erección.

Max se rindió. No volvió a intentar hacerla ir más despacio. Se dejó llevar.

—Shh —le dijo cuando ella ahogó un grito de sorpresa. La estaba tocando al final de la columna vertebral, el trasero y más allá. Se movía alrededor de la parte más sensible de su cuerpo con dedos maestros.

Maddie se echó hacia atrás.

—Eso… eso me encanta, Max.

—Si hay algo que no te guste, quiero que me

lo digas –con los ojos cerrados y los dientes apretados, Maddie asintió–. Estás mojada –añadió él con la voz entrecortada.

Maddie no pudo reprimir un gemido cuando él siguió con la exploración. Max aprovechó que tenía sus pechos justo encima de la cara. Tenía los pezones rosas, demasiado tentadores. Max le pasó la lengua. Ella se echó hacia delante.

Maddie movió las caderas y los dedos de Max se resbalaron.

–Maddie, relájate.

–Imposible.

–Es posible. Además, no queremos que Cleo se despierte.

–De acuerdo, de acuerdo –Max introdujo un dedo lentamente en su interior. Los músculos femeninos se tensaron–. ¡De acuerdo!

Para que se callara, Max la besó con fuerza. Maddie se dejó arrastrar por el beso, sus lenguas se enredaron, lo consumió, lo volvió loco. Max nunca había recibido un beso así. Era el beso de alguien sin experiencia, pero hambriento, generoso y excitado.

Sentir sus pezones en el torso era un inmenso placer. Combinado con su olor, más fuerte ahora que estaba tan excitada, y su pelo, su piel, en contacto con aquella parte de su cuerpo tan íntima. Max supo que ella estaba preparada. Él estaba más que listo. Había llegado el momento.

Le costó un poco que lo soltara.

–Tengo que ir a por el preservativo.

–No te vayas, Max –le dijo clavándole las uñas en los hombros.

–No me voy a ningún sitio, solo a la mesilla –dijo apartándola. Se distrajo mirando su cuerpo. Era delgada, pero estaba bien formada, tenía los pechos sonrosados por el deseo y la tripa tensa. Sus piernas, largas, reposaban sobre la cama.

Y aquellos rizos rubios… húmedos y tentadores.

Max se inclinó hacia delante y la besó en la tripa.

–¡Max!

Él apoyó la cara en su muslo.

–Deja de gritar, cariño. Imagínate que Cleo fuera un bebé. Si la despiertas, no se va a volver a dormir. Si la echas fuera, se pondrá a aullar y despertará a todo el vecindario.

–¿La echas cuando estás con otras? –preguntó ella indignada.

Era fácil que una mujer así le robara el corazón. Estaba excitada, se moría por consumar lo que habían empezado, pero tenía la sensibilidad de preocuparse por los sentimientos de su perra.

Max le acarició el muslo suavemente hasta el hueso de la cadera y luego entre las piernas.

–No –susurró inclinándose para besarla de nuevo. No había vuelto a acostarse con ninguna mujer desde que se había encontrado a

Cleo. Más que nada, porque la perra las odiaba y no tenía reparos en hacérselo saber. Lo había intentado, pero ver a su perra histérica no era su idea de pasárselo bien. Las mujeres se quejaban de que prefería ir a consolar a Cleo que acostarse con ellas. Qué egoístas. Pero Maddie Montgomery no era así–. He intentado dejarla fuera unas cuantas veces para que no se subiera a mi cama, pero... no le gustó mucho. No le gustan demasiado las puertas cerradas, sobre todo cuando le toca estar al otro lado.

Más calmada, Maddie agarró una almohada y se tapó la cara.

–Esto servirá. Ya puedes seguir con... lo que habías empezado –Max nunca había sentido ganas de reírse, deseo y ternura a la vez. Aquello le impedía proteger su corazón. Le separó las piernas con mimo y se paró–. ¿Qué haces? –murmuró desde detrás de la almohada.

–Mirarte.

–¿Por qué? –preguntó ella levantando la almohada.

–Porque eres guapa, estás rosa y quieres recibirme.

–Ah –dijo ella volviendo a taparse la cara.

Max saboreó el momento y la besó lentamente. Más deprisa luego.

Maddie tensó las piernas.

Max hizo uso de su lengua para conseguir que Maddie gimiera tras la almohada y se aferrara a ella con fuerza.

La almohada no era suficiente, pero amortiguó sus gritos salvajes. Max alargó la mano y agarró el preservativo de la mesilla. Ya no podía más.

Maddie observó cómo se lo ponía y se colocaba entre sus piernas.

–Eso ha sido indescriptible.

–Te ha gustado ¿eh?

–Desde luego… ¡sí!

Max intentó controlarse mientras se introducía en ella hasta el fondo.

–Dios, sí –aulló de placer.

–¿Max?

–Ahora, lento, Maddie. Un poco más. Madre mía, qué bien lo haces.

Maddie tomó aire dos veces.

–Tú… también.

Max retrocedió. Ella lo agarró de los hombros y le indicó que volviera agarrándolo con las piernas. Max volvió a introducirse hasta el fondo.

Maddie echó la cabeza hacia atrás.

–¡Esto es mucho mejor que una maldita pluma!

–Puedes estar segura –contestó él imprimiendo ritmo al movimiento–. Aprieta, Maddie, con fuerza. Así, sentirás más. Muy bien.

Teniéndolo abrazado con brazos, piernas y músculos internos, Maddie comenzó a sentir una parte de su anatomía muy importante.

Max quería aguantar, hacerla tener unos cuantos orgasmos para que nunca lo olvidara, para que no fuera capaz de acostarse con otro.

Pero era demasiado tarde.

Gimió como un animal salvaje y llegaron al clímax juntos.

Por desgracia, los gritos de ambos despertaron a Cleo, que se enfadó mucho ante su comportamiento.

Tal y como había dicho Max, la perra no quiso irse de la habitación.

Su noche de pasión había terminado.

Capítulo Cinco

–¿Y el libro?

Maddie miró a las tres mujeres que tenía ante sí. Maldición. ¡Se había olvidado del libro!

–No lo tengo –contestó.

–¿No existe? –preguntó Bea.

–Sí existe –contestó Maddie mirando a Mavis y a Carmilla–. Lo traeré. Es que... bueno... ¡teníais razón!

Las tres entendieron a lo que se estaba refiriendo.

–No –dijo Carmilla entusiasmada.

Bea se rio.

–¡Sí! Mírala. Está radiante.

–Solo hay una cosa que hace que una mujer esté tan radiante –apuntó Mavis sonriendo.

–Es un semental, tal y como me dijisteis.

–Empieza a contar. Queremos saberlo todo –dijo Mavis.

–Mavis, nada de lo que te pueda contar sería nuevo para ti a tu edad.

Mavis miró a Carmilla con veneno en los ojos, pero Maddie sabía que no pasaba nada. Les encantaba hacerse rabiar mutuamente.

–A mis sesenta y ocho años, soy una niña comparada contigo –protestó Mavis.

Bea se dio un golpe en la rodilla. Tenía setenta y cinco años y solía ser la que ponía paz.

–Ahí te ha pillado.

–¿Queréis que os lo cuente o no? –preguntó Maddie.

–Con pelos y señales –contestó Mavis.

–Hice todo lo que me dijisteis... bueno, casi todo. Me llevó a casa. Me costó un poco, pero, al final, gané.

–¿Te costó? ¿No se te tiró encima?

–No, fui yo la que me tiré encima de él.

Mavis se hizo la indignada. Tenía los ojos verdes y el pelo rojo brillante. Era como un faro en mitad de la noche, que atraía a los hombres a pesar de su edad. Tenía algo, carisma, de lo que los hombres nunca se habían cansado.

Decía que echaba de menos hacer la calle, que aquello de comportarse como una señora no era para ella.

–¿Qué tipo de hombre es ese que no ataca a una mujer?

–Es un buen hombre.

–Cariño, eso no existe –apuntó Carmilla.

–No digas eso. Claro que existen –dijo Bea.

–Son buenos para ciertas cosas, pero Maddie no quiere una relación ahora.

–¡Claro que no, Carmilla! Aquí nadie estaba hablando de amor.

–Mírala, pero si no cabe en sí de gozo.

Las tres miraron a Maddie.

—¡Nada de eso! Sabéis que me he olvidado de eso.

—Después de lo de tu ex, no me extraña. Sigo diciendo que deberías dejarnos que llamáramos a unos viejos amigos. A Tiny le encantaría darle un buen susto.

—Carmilla, tú siempre tan sedienta de sangre —la reprendió Bea.

—Yo estoy de acuerdo. Deberíamos darle una paliza a ese cerdo —dijo Mavis.

Maddie se rio y las abrazó a las tres una por una. Le encantaba abrazarlas. Siempre le sentaba bien.

Llevaba varios años trabajando de asistente social. Había empezado con adolescentes problemáticos y había terminado con mujeres mayores. La mayoría de ellas estaban ya integradas, en casa, con sus familias y sus trabajos. Sin embargo, Mavis, Carmilla y Bea eran rebeldes, no querían cumplir las reglas sociales. Les gustaba divertirse a pesar de su edad. Tenían una energía sorprendente.

Ya no la necesitaban como profesional, pero les gustaba verse. A Maddie le sentaba muy bien verlas, era como un bálsamo reparador tras sesiones con mujeres maltratadas o alcohólicos.

Quería a aquellas mujeres, eran para ella madres, tías y amigas. Las admiraba por todo lo que habían vivido y se preocupaba por ellas.

—Max es un buen hombre, os lo prometo

–dijo sonriendo–. Es un ligón, así que me viene perfecto para mis propósitos, pero también es un hombre honrado.

–Todos los hombres son ligones –puntualizó Carmilla–, pero a unos se les da mejor que a otros.

–¿Es un buen hombre dices? –preguntó Mavis enarcando una ceja roja.

–Sí –contestó Maddie haciendo un movimiento con la cabeza que las hizo reír–. Y me dijo que era sexy –añadió en voz baja–. Y sabe todo tipo de cosas estrafalarias –concluyó todavía más bajo.

–¿Cosas estrafalarias relacionadas con el sexo? –preguntó Carmilla.

–Pues claro –intervino Bea–. ¿No creerás que se refiere a que se pone los zapatos del revés? ¿Qué hicisteis?

–Nada estrafalario –les contestó–. Perdió el control. Fue convencional, pero fue increíble.

–Claro, ya me explico porque has llegado tarde –dijo Bea quitándose las gafas.

Mavis suspiró.

–Recuerdo aquellas mañanas.

–Tú lo que recuerdas es el dinero sobre la mesilla –dijo Carmilla.

–Sí, eso, también –sonrió Mavis.

Maddie sabía que detrás de aquellas bromas sobre sus vidas de prostitutas, se ocultaba la intención de enterrar el pasado.

A veces, aquello le rompía el corazón.

–Max no se quedó a dormir.

–¿Cómo?

–Propongo que llamemos a Tiny –aulló Carmilla.

–No –se apresuró a aclarar Maddie–. Lo que pasa es que tiene una perra muy simpática, cuando no está gruñendo que...

–Vaya, se parece a Carmilla, entonces –dijo Mavis.

–Ja, ja.

–Bueno, la perra tiene un problema de vejiga.

–Me siento identificada –apuntó Bea.

–La cosa es que Max no quería que se lo hiciera en la alfombra y se fueron.

–¿Después de? –preguntó Mavis.

–Sí. La verdad es que fue maravilloso.

–¡Hurra!

–Un buen revolcón.

–Tendríamos que cargarnos a tu ex.

Maddie se rio a carcajadas. Nunca se había imaginado que el sexo pudiera ser tan maravilloso. Max había logrado escandalizarla, pero no le habría dicho que parara por nada del mundo.

–¿Cuándo lo vas a volver a ver?

–No lo sé.

–¿Y eso qué diablos quiere decir?

–Es la verdad. No sé muy bien qué hacer ahora. Max es un soltero de oro y temo que, si lo agobio, pase de mí.

–¿Pero le has dicho que solo querías experiencias sexuales para tardes de lluvia?

–Sí. Se lo dije y, no entiendo muy bien, por qué al principio se resistió, pero luego...

–Luego, no, ¿verdad?

–Exacto.

–Qué típico de los hombres. Bueno, ahora hay que dilucidar qué tienes que hacer.

–Debes olvidarte de él –sugirió Mavis.

Maddie se mordió el labio inferior. Sabía que lo mejor sería no volver a verlo, así lo habían planeado, pero no quería olvidarse de él. Todavía, no.

Tal vez, no quisiera olvidarse de él nunca. ¡No! No debía pensar eso.

–¡Mavis, mira lo que has hecho! Se va a poner a llorar –dijo Bea.

–¡No estoy llorando! –se defendió Maddie. No tenía ninguna intención de sufrir por Max Sawyers. Era una aventura, una experiencia, una manera de poner un poco de gracia en su vida.

–No pongas esa cara, Maddie –la tranquilizó Mavis riendo–. Me refería a que te olvidaras de él durante un tiempo, para que su apetito se desborde. Si ese Max es como tú dices, estará esperando a que seas tú quien vaya a buscarlo, rogando que vuelva a compartir contigo su cuerpazo. No le des lo que quiere.

–¡Exacto! ¡Buena idea, Mavis! –exclamó Carmilla–. Los hombres siempre quieren lo que no pueden tener. Mientras no se lo des, volverá.

–Pero si ya se lo he dado.

–Sí, pero querrá más.

–Pero... –buscó las palabras adecuadas– yo también.

–Muy bien dicho –indicó Bea–. Díselo. Dile que quieres sexo... nada más. Ya verás, se volverá loco y será él quien vaya tras de ti.

–Pero espera, por lo menos, una semana –puntualizó Mavis–. ¡No sabrá qué pensar! Estará de lo más inseguro. Se mostrará de lo más dulce.

–Quiero conocerlo –dijo Bea de repente–. Tráelo. Quiero juzgar con mis propios ojos si merece la pena.

Maddie sabía de primera mano que claro que merecía la pena, pero quería que lo vieran.

–Podría ir a la librería dentro de una semana en busca del libro...

–Bien, así le echaremos un vistazo a él y al libro.

No lo había llamado...

Max se paseó por la librería, enfadado y dolido.

Tenía el ego por los suelos.

Había escrito tres columnas sobre mujeres liberadas y había tenido que romperlas. La realidad superaba a la ficción. Nadie se creería que se estuviera quejando de la situación.

No se lo creía ni él. Maldición. Había comprado tres cajas de preservativos pensando en ella.

Había pasado ya una semana. Ahora entendía por qué, cuando le había dicho que no se podía quedar a dormir, ella ni había parpadeado. No le había dado su teléfono ni le había dicho que se volverían a ver. Solo le había dado las gracias.

Ya sabía por qué.

Lo había utilizado. Una vez. Una sola vez y se había olvidado. Tenía el número de la tienda y el de Annie. Si quisiera, hubiera podido localizar el suyo. No, había pasado de él.

¿Cómo se atrevía? ¡Él no era una conquista de una noche! ¡No era un hombre con el que se pudiera jugar!

Le entraron ganas de ir a su casa y ver si lo había reducido a una muesca en el cabecero, pero ¿y si se encontraba con otro hombre?

¿Y si se creía que iba a verla por celos?

Sabía que, si se encontrara a otro en su casa, probablemente, se pondría furioso y cometería alguna estupidez, como pegarle un puñetazo, por ejemplo.

No quería que creyera que iba tras ella. ¡Ja! La mera idea le parecía absurda. Eran las mujeres las que lo perseguían a él, no al revés.

Max suspiró y siguió paseando por la librería. Cleo gimoteó. Si no la hubiera conocido mejor, habría dicho que ella también echaba de menos a Maddie, pero eso era imposible. Aquella mujer era demasiado agresiva como para echarla de menos.

Entonces, ¿por qué estaba Cleo tan sensible

y tan llorona? Era patético verla así. La prefería gruñendo y ladrando que así, triste, desde que no veía a Maddie.

–Cleo, estoy bien, así que deja de mirarme con esa cara. ¡Deja de inquietarte! No va contigo. Además, ya tengo yo bastante con lo mío.

–¿Y qué es lo tuyo?

Max dio un respingo ante aquella voz suave y bromista. Maddie estaba allí, en la puerta, con expresión dulce y alegre, como si no hubiera pasado una semana, como si no lo hubiera ignorado después de haberlo utilizado. Había tomado su cuerpo, como si no tuviera alma.

No, más bien, se había apoderado también de su alma y de su corazón.

Mirarla le hacía daño.

Cleo, la muy traidora, fue corriendo hacia ella y comenzó a ladrar y a aullar de contento. Maddie se acercó a ella y la abrazó.

–¿Me has echado de menos, bonita?

La perra la lamió y le llenó de pelos la camiseta. Era rosa y ponía «Hecha bajo el sol».

Sí, aquella rubia, de preciosos ojos azules, estaría estupenda bajo el sol. Desnuda.

Max carraspeó enfadado consigo mismo por reaccionar así ante su presencia. A la perra muchos mimos, pero a él, ni caso.

–Bueno, bueno –dijo todo lo sarcástico que pudo– mira lo que ha traído el gato.

Al oír «gato», Cleo levantó las orejas y se puso a correr por toda la tienda en busca del gato.

–¡Mira lo que has hecho! –dijo Maddie frunciendo el ceño y yendo detrás de la perra. Al final, tras mucho correr, consiguió agarrarla–. Shh, ya está. Te prometo que aquí no hay ningún otro animal.

Cleo no se quedó muy convencida y la carrerita comenzó de nuevo. Max se fue a la trastienda por un refresco. Le estaban ignorando, así que no creyó que lo echaran de menos.

Se había tomado ya la mitad de la botella, cuando Maddie apareció en la puerta. La camiseta le marcaba los pechos y sobre sus largas piernas reposaba una cortísima minifalda blanca. Estaba para comérsela. Se excitó.

–¿Qué haces?

Max se encogió de hombros.

–Absolutamente nada. ¿Por qué?

–Bueno, bueno –comentó ella con una ceja enarcada–. ¿Nos hemos levantado hoy con el pie izquierdo?

–Lo siento –contestó intentando controlarse–. Es que ayer me acosté tarde.

«Toma, a ver cómo encajas esa», pensó.

–Yo, también –contestó ella bostezando ostensiblemente.

–¿Y eso? –preguntó alerta.

–Tenía que trabajar.

–Ah.

–¿Qué creías? –preguntó ella sonriendo.

–¿Haciendo más muescas en el cabecero, quizás?

—¿Y eso te molestaría?

—Ni lo más mínimo.

Max sintió deseos de besarla. ¿Por qué no? La miró y ella supo lo que quería. Se rio y dio un paso atrás.

—Parece que Cleo se ha calmado ya —dijo parándose bruscamente al darse con la espalda en el frigorífico.

—Supongo que se habrá quedado sin gasolina —comento Max agarrándola—. Cleo puede pasarse horas corriendo de un lado para otro.

—Eso es exactamente lo que estaba haciendo... —su boca la interrumpió.

Maldición. Qué bien sabía. Demasiado bien. Mejor de lo que Max recordaba.

—¿Te gustan los chupetones? —le preguntó dándole besos por el cuello.

—¿Chupetones? —repitió Maddie con la respiración entrecortada.

—Mordiscos de amor —dijo él lamiéndole el cuello—. ¿Te gustan?

—No... no lo sé —contestó ella aferrándose a sus hombros y apretando su cadera contra la de Max—. Me parece que nunca me han hecho uno.

Max abrió la boca y aspiró. Maddie gimió.

Max siguió besándola por la mandíbula y por la oreja.

—Esto es maravilloso —dijo ella.

Lo estaba volviendo loco. Max la besó voraz. Sabía que debería controlarse, que debería hablar con ella y dejar las cosas claras, pero no podía. Tendría que ser en otro momento.

—¿Alguna vez lo has hecho por la tarde?

—¿Cómo?

—Es un momento ideal para jugar.

—¿Jugar?

—Sí, aquí y ahora —dijo él. La deseaba tanto que le costaba hablar.

Maddie miró a su alrededor. Había cajas por todas partes y la trastienda era diminuta. Solo había una mesa, tres sillas y el frigorífico en el que estaba apoyada. Estaban tan cerca que Max sintió su nerviosismo.

La puerta estaba abierta y, si entrara alguien, los vería. Max se dio cuenta de que estaba confusa, escandalizada y excitada.

—¿Aquí? —preguntó ella mordiéndose el labio.

Max la echó hacia atrás y se colocó entre sus piernas. Ladeando la cabeza podría ver si entraba alguien, pero no los verían a ellos, a menos que se asomaran a la puerta. Max sabía que estaba notando su erección y el tembleque de sus manos, pero no le importó. Solo quería volver a oírla gemir.

—Aquí.

—¿De pie?

—De pie. El otro día, te parecía bien. La única diferencia es que el frigorífico está frío y te prometo que, en breve, lo vas a agradecer.

—¿Por qué?

—Porque voy a hacer que te quemes.

–Ah –dijo ella tocándole el pecho y mirando a su alrededor–. Estoy un poco como si me fuera a caer.

Max sonrió.

–No te preocupes, no te vas a caer.

–¿Y si nos pillan? –preguntó ella mirándolo a los ojos y humedeciéndose los labios.

–Es excitante, ¿verdad? Hacer lo que está prohibido, correr riesgos. Oiríamos la campana de la puerta. Confía en mí –dijo besándola en la comisura de los labios.

–Muy bien –contestó ella acariciándole los antebrazos.

Max la miró a los ojos mientras buscaba el dobladillo de la minifalda y se la subía. Maddie gimió.

–Te tengo que quitar las braguitas –dijo sabiendo que aquellas palabras la excitarían– para poderte tocar –Maddie cerró los ojos–. Quieres que te toque, ¿verdad, Maddie? Por eso has venido –añadió. Habría preferido que hubiera sido porque lo echaba de menos, pero había que ser realista–. Echabas de menos esto, ¿no?

Ella asintió mientras él le acariciaba la parte interna de los muslos.

Sin previo aviso, agarró el triángulo de seda.

–¿Por qué estás húmeda? –le dijo en voz baja mientras le acariciaba por encima de las braguitas. Maddie ahogó un grito–. Mmm. Justo ahí, ¿verdad?

Ella no contestó y él se paró con un dedo apretando aquella parte tan sensible.

Maddie abrió los ojos y lo miró.

–¿Max?

Le encantaba oírla decir su nombre.

–Contesta.

–¿A qué?

–¿Te gusta que te toque ahí? –preguntó de nuevo volviéndola a tocar.

–¡Sí!

–Quiero ver tus pechos, Maddie –ella lo miró–. Vamos, enséñamelos –insistió. Aquel era su juego favorito y, después de la semanita que le había hecho pasar, lo estaba disfrutando como nunca.

Maddie se volvió a morder el labio. No sabía qué hacer. Aquel gesto inocente lo excitó todavía más.

Max dejó de acariciarla y repitió la orden. Maddie tragó saliva y comenzó a levantarse la camiseta. Llevaba un sujetador mínimo rosa, transparente y sexy. Max se inclinó sobre ella.

Tenía los pezones erectos y Max apresó uno de esos con fruición.

–¡Max!

Capturó el otro, dejando dos manchas de saliva sobre el sujetador. Se echó hacia atrás para ver su obra de arte.

–Precioso.

No quería que los interrumpieran, así que decidió no extenderse mucho más. Maddie tenía la falda en la cintura y la camiseta en el cuello.

–No te muevas.

Ella ni respiró. Max asintió y se arrodilló para bajarle las braguitas hasta las rodillas.

Sonó la puerta.

Maddie hizo el ademán de vestirse, pero él se levantó y la detuvo. Le puso dos dedos, que olían a ella misma, en la boca.

–No muevas ni un músculo, preciosa. ¿Entendido? –le dijo al oído. Maddie lo miró con los ojos como platos–. Shh. Confía en mí.

Max salió de la trastienda y cerró la puerta tras de sí. Rezó para que las dos mujeres que habían entrado no se dieran cuenta de su estado. Por suerte, se centraron más en las novelas de amor que querían comprar. Pasaron diez minutos hasta que se fueron. Max tomó aire y abrió la puerta de la trastienda. Maddie estaba tal y como la había dejado.

Seguía teniendo las braguitas rosas enrolladas en las rodillas y los pezones erectos, señal de que había estado pensando en cosas eróticas. Tal vez, no lo había echado de menos, pero había echado de menos lo que él le hacía. Y había vuelto a buscarlo. Debía aprovechar aquello. Por el bien de Cleo.

Sin mediar palabra, se arrodilló frente a ella de nuevo como si no los hubieran interrumpido.

–¿Preparada, Maddie?

–Sí –contestó con la tripa contraída.

Lentamente, observando el contraste entre su piel rosada y su mano morena, Max le introdujo un dedo. Maddie no apartó la mirada. Abrió las piernas todo lo que le permitían las braguitas.

–¿Quieres que te bese?

–Sí –contestó–. Por favor.

Ya no dudaba en las contestaciones. Max perdió el control. Con el dedo todavía dentro, abrió la boca y la besó de forma voraz.

Maddie gimió de placer. Puso las manos sobre su cabeza y le tiró del pelo sin darse cuenta.

A él no le importó. Le gustaba que mostrara su excitación.

La llevó al límite y, entonces, le quitó las braguitas y se las metió en el bolsillo trasero del pantalón.

–A veces, a las mujeres no les gustan los encuentros rápidos –le explicó mientras le acariciaba en trasero–. Se necesita más preparación, más estimulación.

–No hables tanto –le dijo ella.

Max sonrió, se bajó la cremallera y se bajó los vaqueros hasta las caderas.

–Así, cuando me introduzca en tu cuerpo, la fricción será la adecuada.

Sintió la intensidad de la mirada de Maddie que no se perdía detalle de cómo se ponía el preservativo. Se colocó entre sus piernas y ella lo abrazó.

–Pon la pierna derecha alrededor de mi cintura. Un poco más arriba. Así... Umm. Muy bien –añadió. Estaba tan lubricada que no le costó nada entrar–. Pon la pelvis hacia mí un poco más.

Maddie seguía sus instrucciones.

–Esto es bastante estrafalario, ¿verdad? –le preguntó.

–Sí –contestó él pensando que ya era suya, que la iba a volver loca, que la iba a hacer comprender que había una química especial entre ellos. Max la besó–. ¿En qué pensabas mientras he ido a atender la tienda, preciosa? –le preguntó para caldear todavía más el ambiente.

–En ti –susurró ella–. En lo que me acababas de hacer.

–Sí –dijo él saboreando ya el triunfo. Quería que la besara, que la diera placer.

–Pensaba en... hacértelo a ti.

Max se quedó de piedra. Se le nubló la vista.

Sin darse cuenta de su reacción, Maddie siguió explicándole, con la respiración entrecortada y moviéndose rítmicamente contra la rigidez de su cuerpo.

–Pensaba en ponerme de rodillas y tenerte en la boca, saborearte y chuparte como tú...

Max gimió y alcanzó el clímax. Oyó reír a Maddie y la dejó porque segundos después era ella la que hacía lo propio.

Parecía como si hubieran transcurrido horas. Ambos jadeaban cuando oyeron la puerta de nuevo. Max tuvo que salir de ella rápidamente.

¿Por qué nada salía como tenía planeado con ella? Siempre que pretendía darle lecciones de sexo, era ella la que lo sorprendía. Y, para colmo, en lugar de poder hablar con ella, tenía que salir a atender la tienda otra vez. Max se quitó el preservativo, se subió los pantalones y salió.

Por desgracia, la persona que había entrado sí se fijó en su estado.

—Vaya, vaya, Max Sawyers. Eres un depravado. ¡Estabas montándotelo en la tienda de tu hermana!

Lace McGee Sawyers, su cuñada, reconocía la satisfacción sexual en cuanto la veía. Para eso era sexóloga.

Max la miró y frunció el ceño.

—Maddie, sal. Es Lace y no se va a ir sin conocerte.

—Menos mal que he llegado después —sonrió Lace.

—Eres buena, Lace, pero no lo suficiente como para saber eso.

—Sí, sí, lo soy, estoy segura —contestó ella riéndose y abrazándolo—. ¡Si no hubiera sido así, me habrías echado!

Capítulo Seis

Maddie sintió deseos de ser cobarde y esconderse, pero le podía el deseo de conocer a Lace McGee Sawyers, la mujer del hermano mayor de Max. Daniel era médico y, según Annie, era tan guapo como Max, pero más sobrio.

Se colocó la ropa lo mejor que pudo y se dio cuenta de que Max tenía las braguitas en el pantalón. ¡No se podía creer lo que acababa de hacer! Aquello había sido más que sexo porque Max era algo más. Le hubiera gustado poder hablar con él, poder haberle preguntado por Cleo. Quería saber si Max la había echado de menos porque ella, sin duda, lo había echado mucho de menos.

Le había enseñado a pasar un buen rato, pero le hubiera gustado tener tiempo para hacerse arrumacos.

Echó los hombros hacia atrás y salió. Estaba dispuesta a comportarse como una adulta, pero, al salir y ver a Lace abrazada a Max y él como si tal cosa, el muy canalla, se enfureció.

—¿Se puede saber qué diablos estáis haciendo? –preguntó no pudiendo soportar ver a otra mujer abrazándolo.

Al principio, Max la miró confuso, pero luego sonrió satisfecho.

–¿Por qué maldices, Maddie?

Maddie estaba más interesada en Lace que en su expresión de satisfacción. Aquella mujer era guapísima, era para quitar el hipo.

Maddie se sintió desinflada.

No sabía qué decir ni qué hacer para salir de allí. Cleo fue en su ayuda.

Se acercó a Lace y le gruñó.

Maddie sonrió.

Cleo se acercó a ella, se sentó a su lado y gruñó a la otra mujer. Maddie se sintió un poco mejor y le acarició en la cabeza.

–No sé por qué le caigo tan mal –se quejó Lace–. ¿Sigue odiando a las mujeres?

–A mí no me odia –se apresuró a contestar Maddie–. Yo le gusto.

Lace sonrió.

–Ya lo veo. Supongo que, dado que Max parece sentir lo mismo, eso es bueno.

Maddie se sorprendió de lo simpática y razonable que era aquella mujer.

–Sí…

Lace dio un paso al frente y le tendió la mano.

–Hola, soy Lace, la cuñada de Max.

–Maddie Montgomery.

–¡Tú eres Maddie! Annie me ha hablado

mucho de ti. Por lo visto, tenemos mucho en común.

—No sé… —dijo Maddie mirándola. Era guapísima y tenía un tipo estupendo.

—Soy sexóloga y Annie me ha dicho que tú trabajas en servicios sociales con temas relacionados con el sexo, adolescentes y esas cosas.

—Y a mí, me encanta el sexo —apuntó Max—. Así que los tres tenemos algo en común.

—Max, no avergüences a tu amiga —lo reprendió Lace tratándolo como a un hermano pequeño.

—Como si fuera tan fácil. En realidad, es ella la que me pone en aprietos. Es muy… abierta.

Maddie sintió deseos de darle una patada. Cleo le leyó el pensamiento y miró a Max con desaprobación.

Lace se encogió de hombros.

—En los temas que nosotras tratamos en el trabajo, tienes que ser así.

Vaya. Aquella mujer, además de guapa, era inteligente y simpática.

Max le pasó el brazo por el hombro.

—¿Sabías que Lace siempre me ha tratado como si tuviera doce años? Intenté ligar con ella y no conseguí nada.

—Estaba enamorada de tu hermano, ¿recuerdas?

—Pero, entonces, no lo sabías.

—Pero sabía que no estaba enamorada de ti.

–No tienes corazón.

Maddie sonrió. Se trataban como parientes.

–Me alegro mucho de conocerte, Lace. Suelo escuchar tu programa de radio. Me encanta.

–Gracias. ¿Por qué no comemos juntas y, así, nos conocemos un poco más? ¿Estás libre?

A Maddie le habría encantado, pero tenía cosas que hacer.

–¿Podríamos dejarlo para otro día? Hoy... tengo planes.

Max dio un paso al frente.

–¿Qué planes?

No podía decírselo sin echar a perder la sorpresa.

–Cosas –contestó encogiéndose de hombros.

Max pasó por alto la presencia de Lace.

–¿Cosas relacionadas con el libertinaje?

Maddie ahogó un grito. ¿Cómo se atrevía a decir aquello delante de su cuñada?

–Sí –mintió levantando la barbilla. Max intentó agarrarla, pero ella se echó hacia atrás–. De hecho, debería irme ya –era el momento perfecto, pero Max tenía sus braguitas y se sentía desnuda. Su mirada le dejó claro que él lo tenía muy presente. La estaba retando a irse sin ellas o a pedírselas–. Gracias por...

–¿Por qué? –preguntó Max sonriéndose satisfecho. Estaba tan guapo que Maddie sintió deseos de volverlo a meter en la trastienda.

Maddie apretó los dientes. Lace los observaba.

—¿Por qué iba a ser? Por haberme divertido esta tarde. Si no, me habría aburrido.

Lace se rio.

—¿Qué te parece si comemos el viernes? —le preguntó.

—Fenomenal —contestó Lace sonriendo—. ¿Quedamos aquí a las once y media?

Maddie asintió.

—Perfecto. Hasta luego, Max —añadió diciéndole adiós con la mano. Con cuidado, se arrodilló junto a Cleo y la abrazó—. Bueno, pequeña, nos vemos dentro de poco. A ver si la próxima vez no te quedas dormida.

Maddie se fue sin decir nada más.

En cuanto Maddie hubo salido de la tienda, Max se giró hacia Lace.

—Hazme un favor, cuida de la tienda —dijo sacando las llaves del coche del bolsillo y comprobando que las braguitas de Maddie seguían allí.

—¿Dónde vas?

—La voy a seguir, por supuesto —contestó apresurándose a subir a la furgoneta y dejando la puerta abierta para que Cleo hiciera lo mismo. Vio a Maddie que iba hacia un coche blanco—. Volveré en breve —le prometió a Lace.

—Max, esta es mi hora para comer.

–Te traeré comida mexicana.

–Bien, pero solo tengo una hora.

Se apresuró a seguir a Maddie, pero no tuvo que ir muy lejos. En la misma calle, la vio aparcar y entrar en una tienda de fetiches.

–No puede ser –le dijo a Cleo–. ¿Qué estará tramando? Quédate aquí. Voy a ver y ahora vuelvo –añadió dejando las ventanas de ambos lados abiertas para que la perra tuviera corriente.

Se acercó al escaparate, que estaba tapado con una cortina azul para ocultar el escandaloso material que vendían dentro. Apenas veía.

Abrió la puerta y oyó la voz de Maddie hablando con un vendedor.

–Lo quiero de cuero rojo, con piedras y tachuelas plateadas.

–Tengo justo lo que necesita. Venga conmigo –contestó el dependiente.

¡Ja! Era él quien tenía lo que ella necesitaba. Dio un paso al frente, hecho un energúmeno y, al doblar la esquina, vio a Maddie comprobando la dureza de un collar de cuero rojo.

Se sintió ultrajado, escandalizado… y caliente como en su vida.

–¿Quiere ver las esposas también? –preguntó el vendedor.

–¿Tienen también esposas? ¿De verdad? –preguntó ella de lo más inocente.

–Vienen forradas con piel de borrego para

que no hagan daño –le explicó el joven con una sonrisa.

–Enséñemelas –le indicó ella fascinada.

Max se preguntó qué iría a hacer Maddie con todo aquello. Se le disparó la imaginación y no se dio cuenta de que la tenía al lado, dispuesta a pagar. No veía lo que se había llevado al final, pero la bolsa era enorme, casi tanto como su sonrisa.

Max salió de la tienda a una distancia prudente. La oyó silbar. La vio meterse en el coche. No sabía lo que se le habría ocurrido, pero estaba dispuesto a cambiarle los planes.

–Maddie –dijo acercándose a su ventanilla.

–¡Dios, Max! –exclamó dando un respingo–. ¿Qué haces aquí?

Max sonrió. «Te he pillado».

–Estaba comprando algo de comer para Lace.

Vio que ella fruncía el ceño.

–¿Va a comer contigo?

–Sí.

–¿Y qué piensa su marido de eso?

–Mi hermano no es ningún ogro que encadena a su mujer a su lado. Además, sabe que puede fiarse de Lace.

–Ah –dijo pensando que ella no se fiaba nada de él.

–¿Qué haces aquí?

–Es una sorpresa –contestó poniéndose roja.

–¿Para quién?

–Para ti. ¿Para quién iba a ser?

Aquello le gustó.

–Toma, esto es tuyo –le dijo dándole las braguitas.

Ella las agarró y las tiró en el asiento de atrás.

–Max Sawyers, eres el hombre más molesto y...

La calló con un beso.

Sorprendente.

–Pensé en quedármelas –murmuró–. Como si fueran un trofeo.

–¿Una muesca en el cabecero?

–Sí, pero luego pensé en ti con el trasero al aire y casi me vuelvo loco.

–¿Ah, sí? ¿Loco?

–Sí, loco de deseo. Te deseo otra vez. Lo que tienen los encuentros de la hora de comer es que son como un aperitivo –dijo tocándole el cuello, un hombro y el umbral del pecho–. Quiero la comida entera

–Yo, también –dijo ella suspirando–. No porque lo de antes no me haya gustado. De hecho, me ha encantado. Gracias.

Maldición. Estaba a punto de ponerse de rodillas ante ella en mitad de la calle. Max se aclaró la garganta.

–Me tengo que ir. Lace solo tiene un rato para comer.

–Eres un canalla –le dijo ella pensando que la había excitado y la dejaba allí tirada–, pero me alegro de que hayas venido. Quería preguntarte dos cosas antes, cuando me has hecho enfadar tanto que me he ido.

—Dispara.

Estaba claro que le iba a preguntar qué le parecía el tema de los artículos que acababa de comprar y él iba a estar más que dispuesto a que los utilizaran juntos.

—¿Quieres venir a trabajar conmigo esta tarde?

—¿A trabajar?

—Sí, esta tarde me toca un grupo de mujeres muy especial. Me gustaría que las conocieras y les contaras algunas experiencias de primera mano.

—Bueno… —contestó horrorizado ante la idea.

—Por favor —dijo ella parpadeando. Aquellos estupendos ojos azules lo derretían. Debería escribir una columna sobre los peligros de los ojos grandes y azules.

—Les he hablado de ti y del libro. Podrías traértelo porque me has… distraído y, al final, no me lo he llevado.

—¿Así lo llamáis ahora? ¿Distracción?

—Sí. Una distracción muy placentera, te lo aseguro.

—¿Solo placentera? Yo, más bien, diría de éxtasis, impresionante.

—Sí, la verdad es que ha sido absolutamente impresionante —ronroneó ella.

Max miró el asiento de atrás y se preguntó,

pero, no. Maldición. Cleo lo estaba esperando en su furgoneta.

Max pensó que, si tenía que hablar de sexo con jovencitas, para volverla a ver, lo haría. Cleo necesitaba a Maddie. Se lo había demostrado.

–¿Dónde y a qué hora?

–¡Gracias, Max! –dijo dándole una tarjeta de visita con la dirección de la clínica–. A las cinco, ¿de acuerdo? –él la agarró dubitativo. Maddie le tomó la mano y le besó en la palma–. Una cosa más. ¿Te gustaría ir a mi casa después?

Max sintió que el deseo lo embriagaba.

–No –contestó confundiéndola–. Esta vez, quiero que sea en mi cama –añadió acercándose y besándola–. Iremos a cenar y a mi casa.

Con un poco de suerte, conseguiría que se quedara toda la noche, toda la semana o toda la vida.

Era lo mínimo que podía hacer por Cleo.

Al volver a la furgoneta, la perra lo recibió con un lametón.

–Gracias, lo necesitaba.

Lace lo estaba esperando así que se apresuró a volver a la librería. Comieron en la trastienda y su cuñada lo instó a que echara una mano en la empresa familiar, pero él no quería.

–Guy quiere dejar de viajar –lo informó Lace.

113

Aquello lo interesó. Siempre le había encantado viajar. Lo echaba de menos, pero ya no podía hacerlo.

—Sabes que no puedo dejar a mi perra sola y no se puede quedar con nadie.

En ese momento, oyeron la puerta.

—Maddie podría encargarse de ella —sugirió Lace poniéndose en pie y agarrando el bolso para volver a la radio.

—¿Qué te hace pensar que no la echaría de menos a ella también?

—Pues llévate a las dos. Lo arreglaré todo, pero te quiero en la empresa, Max —dijo una voz. La persona que había entrado era Dan Sawyers, su padre. Llevaba muchos años retirado de la vida y solo el compromiso de Annie le había devuelto la felicidad. Max estaba encantado de verlo así.

Las cosas se estaban complicando por momentos.

Lace se escabulló mientras Dan miraba a su hijo. Cleo, la muy traidora, también se fue. Su padre no le había pedido nunca nada. Siempre había confiado en su hermano Daniel, desde que su madre murió y él se había dejado de ocupar de todo, incluso de sus hijos.

Daniel era el hombre a quien Max más respetaba en el mundo, pero había sentido mucho rencor hacia su padre la mayor parte de su vida.

—¿Quieres tomar algo? Hay café.

–Un café estará fenomenal y, si pudiéramos hablar, ya sería estupendo.

–Vaya, no creí que te interesara hablar conmigo –contestó Max intentando mostrarse rencoroso. Sin embargo, el recuerdo de Maddie lo acompañaba y se lo impedía.

–Te debo muchas explicaciones –dijo su padre sentándose en la mesa de la trastienda.

–No, se las debes a Daniel. Ha sido él quien se ha ocupado de todo.

–Daniel y yo hemos hablado y estamos intentando arreglar las cosas entre nosotros. Sé que fue muy injusto por mi parte dejárselo todo a él. Es un hombre excepcional. Estoy muy orgulloso de él…

Daniel siempre había sido el responsable, el patriarca; Annie era una monada, la única chica, cariñosa; pero él había sido problemático y, en cuanto había tenido edad suficiente, se había dedicado a viajar.

–Siempre creí que te hartarías de viajar, pero Lace me ha dicho que lo llevas dentro –comentó su padre como si le estuviera leyendo la mente.

–Sí, pero ya no viajo.

–¿Por qué? Lo que te he dicho antes, te lo he dicho de verdad. A Guy nunca le ha gustado viajar. De hecho, ha amenazado con irse si no me responsabilizo de una parte de ella.

–Entiendo. ¿Y quieres que ocupe tu lugar?

–No, para nada –aquello lo sorprendió–.

115

Supongo que, dado mi comportamiento en el pasado, creerías que te lo iba a pedir, pero he cambiado. Estoy aprendiendo a disfrutar de la vida de nuevo.

—Me alegro —sonrió Max—. ¿Y a qué se debe ese cambio?

—Me dieron un buen consejo —contestó su padre—. Un consejo sexual. Me aseguraron de que un poco de sexo me ayudaría a mejorar mi disposición y decidí que merecía la pena intentarlo.

Max se había quedado de piedra y tardó unos minutos en recobrar la respiración.

—¿Cómo? ¿Ha sido Lace la que te ha llenado la cabeza de tonterías sexuales?

—No. Escribí al tipo ese que tiene una columna de sexo en el periódico.

Max se atragantó con el café y, aunque su padre se levantó a darle unas palmaditas en la espalda, no se podía recuperar. ¡Dios mío, había aconsejado a su propio padre que se corriera una juerga!

Recordó una carta sin firmar. Le había dado un buen consejo, pero no sabía que era su padre.

—Lo que ocurre es que —continuó Dan como si su hijo no estuviera colorado como un tomate y a punto de ahogarse— llevo demasiado tiempo fuera de onda, tanto personal como profesionalmente. En el terreno personal, puedo apañármelas —Max suspiró aliviado—, pero estoy muy mayor para hacerme cargo de la empresa ahora. Tú tienes don de gentes. Todo el mundo te respeta y caes bien –oírle decir aquello a su padre hizo que Max se sintiera bien–. Guy no quiere viajar y yo estoy muy mayor, pero a ti te encanta.

–¿Tendría que viajar mucho? –preguntó con curiosidad.

–Casi todo, sería dentro de Estados Unidos, pero, ya te he dicho que la empresa pondría a tu disposición todo lo que quisieras.

–No quiero que Cleo tenga que viajar en la bodega de un avión. No lo entendería.

–Tenemos un avión privado. Podría ir en él contigo –contestó Dan mirando a la perra, que estaba dormida.

Aquella propuesta era tentadora. Llevaba semanas queriendo moverse de nuevo. Además, Maddie había dicho que quería viajar…

Claro que también le había dicho que solo lo quería para hacer una muesca en el cabecero. Tendría que convencerla.

Aquella noche tenía la oportunidad perfecta. Tenía que conseguir volverla loca para que lo siguiera en sus viajes.

Seguro que Cleo odiaría volar.

Max maldijo.

–¿Qué pasa?

–Nada, estaba pensando en…

–¿Los viajes al extranjero? Solo serían un par de veces al año. México, Taiwan o China.

Si seguía con Maddie, Cleo podría quedarse con ella. Sería estupendo que las dos lo esperaran a su regreso.

—En realidad, estaba pensando en una mujer que he conocido hace poco. No me gustaría irme y dejarla sola porque es tan atractiva que tendría colas de pretendientes —Dan parpadeó, echó la cabeza hacia atrás y se rio. Max no recordaba la última vez que había visto reír a su padre—. ¿Te importaría decirme dónde está el chiste?

—¡Estás enamorado! Es maravilloso —contestó su padre quitándose las lágrimas de los ojos.

¿Enamorado?

—No la conozco tanto.

—¿Y? A los pocos minutos de conocer a tu madre, supe que era la mujer de mi vida.

—Maddie me vuelve loco.

—Eso es buena señal. Cuando conocí a tu madre, no sabía si besarla o estrangularla.

—Me parece que ganó la primera opción, ¿no? —Max se encontró sonriendo.

—Sí. Me costó mucho ganármela —dijo adoptando un tono solemne de nuevo—. Hijo, sé que hemos perdido mucho años y me gustaría que me perdonaras, pero, si no lo hicieras, lo entendería.

—Te perdono —contestó Max sin dudarlo.

—Gracias —dijo su padre levantándose—. La quieres, hijo. Te lo veo en la cara.

—No sé. No es tan fácil —contestó él levantándose también.

–¡El amor nunca lo es! Seguro que ella siente lo mismo porque tú eres una buena presa –le dijo dándole una palmada en el hombro–. Gracias por lo del trabajo. Te necesitamos.

–Lo hablaré con Maddie –sonrió Max.

«¿Quién sabe? Dijo que quería viajar. Tal vez, así logre que se case conmigo».

Estaba dispuesto a intentar cualquier cosa.

Capítulo Siete

Maddie esperó a Max fuera de la clínica. No podía dejar de pensar en lo que le había hecho, en lo que habían hecho juntos. Había sido maravilloso.

Tampoco podía dejar de pensar en Cleo.

La echaba tanto de menos como a él. ¡Ambos eran tan especiales! ¿Cuántos hombres jóvenes, guapos, viriles y con mundo sentarían la cabeza para cuidar de una perra?

Una perra muy necesitada.

No muchos.

Max era especial.

Y ella estaba colada por él.

Maddie se dejó caer sobre el muro de ladrillo de la clínica. ¿Cuánto tiempo estaría con él? ¿Unos días más? ¿Una semana? No le fue fácil reconocerse a sí misma que se había enamorado de él. Había previsto embarcarse en algo superficial, tener recuerdos sin ataduras, como muchas otras hacían. Su ex le había dicho que era demasiado estrecha y ella había querido demostrarle que no era cierto. Lo que él pensara ya daba igual.

En el fondo de su corazón, que era lo que

importaba, Maddie sabía que nunca había sido mujer de aventuras sexuales.

El aspecto sexual con Max era estupendo. Inigualable, pero también quería que la abrazara. Quería preguntarle por sus viajes. Casi todo lo que sabía de él lo sabía por Annie y no era suficiente.

Bea, Carmilla y Mavis le habían aconsejado que insistiera. No en el tema sexual sino, precisamente, en las demás cosas que quería darle. Afecto, cariño y… amor.

Maddie sabía que había ido demasiado lejos. Ya no podía echarse atrás.

¡Era imposible, no podía querer a Max Sawyers!

En ese momento, oyó un silbido, miró y allí estaba él. Estupendo. Con una camiseta blanca y unas bermudas verde caqui, los dientes blancos y la cara morena. Su corazón dio un vuelco y detrás fue el estómago.

No podía darle amor, pero sí aprecio femenino.

Maddie corrió a sus brazos. Aquello pilló por sorpresa a Max.

—Te he echado de menos —le dijo besándolo.

—Hmm. Me gusta este tipo de bienvenida.

—No he parado de pensar en… lo que hemos hecho esta tarde —dijo Maddie. Había estado a punto de decirle que no había parado de pensar en él, pero habría sido demasiado.

—Nos está mirando todo el mundo —dijo Max mirando a su alrededor.

121

–¡Uy! –exclamó ella. Lo último que quería era montar el numerito en la puerta del trabajo.

–¿Te has puesto braguitas?

–¡Por supuesto!

–Aguafiestas.

Cómo lo había dicho. Aquel hombre podía hacer que lo deseara con una sola palabra.

–Max, compórtate. Vas a hacer que me desconcentre y que no pueda estar pendiente de la reunión.

–Esta noche, ¿qué quieres? –dijo él agarrándola de la mano–. ¿Convencional o estrafalario?

–Max…

–Eh, tengo que planearlo. ¿Qué vas a querer?

–¿Qué te parecen los dos tipos?

–Pequeña brujilla –contestó él admirado–. Muy bien, los dos.

–Estaba bromeando.

–Yo, no –contestó él dándole el libro que le había pedido–. ¿Has leído esto?

–Todavía, no. ¿Por qué? ¿Tú, sí?

–Le he echado un vistazo. Es… interesante, pero no siempre preciso.

–¿Ves? Sabía que tu experiencia iba a añadir mucho –dijo ella sonriendo.

–Vamos con ello antes de que cambie de opinión.

Maddie lo agarró del brazo y entraron en el edificio.

–No estás nervioso, ¿verdad?

–¿Por qué iba a estarlo? ¿Por tener que hablar con unas jovencitas sobre sexo?

–Bueno, no son… –apuntó Maddie mientras abría la puerta. Le iba a decir que sus amigas no eran precisamente unas jovencitas, pero no hizo falta porque ya los estaban esperando.

Max se quedó de piedra.

Mavis estaba sentada escuchando música, Bea estaba sumida en sus pensamientos y Carmilla hablaba con alguien que tenía detrás.

Max miró a su alrededor.

–No son jovencitas.

–No.

Bea silbó de admiración al ver a Max.

Mavis asintió.

–Sí, sí, el chico está estupendo.

–Esta chica sabe elegir –apuntó Bea.

–Además, no parecen tener problemas sexuales –comentó Max.

–¡Ja! –dijo Bea.

–Puedes darlo por seguro, muñeco –contestó Mavis sonriendo coqueta.

–Son muy buenas, Max, te lo prometo –intervino Maddie mirando a Bea y a Mavis insistentemente para que se reprimieran un poco. Max estaba a punto de salir corriendo.

Carmilla se acercó y el hombre con el que estaba hablando se levantó.

Debía de medir casi dos metros, era musculoso y calvo. Llevaba una camiseta negra de

Harley Davidson sin mangas para que se le vieran bien los bíceps. En el antebrazo derecha tenía un tatuaje de una mujer desnuda. Cuando movía el brazo, la mujer bailaba.

Maddie tragó saliva.

—Él no es mujer —dijo Max.

El gorila se acercó.

Maddie pensó en tenderle la mano, pero prefirió esconderse detrás de Max.

Carmilla se rio a carcajadas.

—Cariño, te presento a Tiny.

—¿Tiny? ¿Eres tú? —preguntó Maddie asomándose—. Me alegro mucho de conocerte —dijo sinceramente. Muchas veces se había preguntado si aquel hombre existiría de verdad o sería una invención de Carmilla.

Era real. Muy real.

Le besó a Maddie la mano, pero sin apartar los ojos de Carmilla, a la que miraba con adoración.

Maddie miró a Bea y luego a Mavis, que seguía obnubilada con cierta parte de la anatomía de Max.

—Mavis, para —le ordenó Bea—. ¿No ves que Maddie es celosa? Mírale los ojos, se le están poniendo rojos.

—Tienes razón. Pero si está roja de ira —apuntó Mavis—. Mira, Carmilla, deja de flirtear con tu amigo y ven a ver a Maddie.

Ciertamente, se estaba poniendo roja, sobre todo cuando Max se giró y la miró con una gran sonrisa.

–¿Estás celosa, preciosa? Pero si yo no he dicho nada cuando Tiny te ha besado la mano.

–Así que tú eres el tío del que nos ha hablado Maddie –intervino Mavis.

Max miró a Maddie.

Ella se encogió de hombros.

–No les he contado todo. Solo…

–Ha fardado de ti, eso es lo que ha hecho. Después del inútil con el que estuvo a punto de casarse, nos alegramos de que lo haya hecho.

–¿Qué les ha contado exactamente?

–Nos ha dicho que usted la hace feliz –contestó Bea–. Y, desde luego, Maddie se merece ser feliz.

Maddie pensó que las cosas se le estaban yendo de las manos.

–¿Vamos a celebrar la reunión o no? –preguntó.

–No –contestó Carmilla–. Es más importante conocer a Max.

–Además, no creo que pueda contarnos nada nuevo sobre el sexo –apuntó Bea.

–Exacto. Nos pagaban por ser expertas –puntualizó Mavis.

Maddie se giró y miró a Max.

–Lo siento –susurró.

–¿Por qué? –dijo él acariciándole la mejilla.

–Yo… –comenzó. Estaba confusa–. Yo te iba a hablar de esto, de mis amigas…

–¿Son amigas tuyas? –preguntó Max. Ella asintió–. Eso demuestra lo especial que eres.

Supongo que la amistad entre vosotras nacería a partir de las sesiones.

—Aciertas de pleno —dijo Carmilla.

—Somos muy amigas —intervino Bea—. Es como una hija para nosotras. No lo olvides nunca, jovencito.

Mavis se rio.

—Maddie, tranquilízate. No creo que le den miedo tres viejas. ¿Verdad que no, Max?

Max las miró y en sus ojos brilló el reto.

—¿Por qué no nos sentamos? —preguntó abrazando a Maddie, a quien casi se le cayó el libro de las manos—. Me parece que hay unas cuantas cosas que les podría enseñar.

Tiny sonrió.

—¡Tú sueñas! —exclamaron Bea y Mavis al unísono.

Maddie deseó que se la tragara la tierra. Aquello no tenía nada que ver con lo que ella había planeado.

Max sintió ganas de reír ante la cara de tonta que se le había quedado a Maddie.

¡Prostitutas! ¿Cómo iba él a haber imaginado que era consejera de mujeres de la noche? Maddie no dejaba de sorprenderlo.

—Creía que me iba a encontrar con adolescentes embarazadas o que tenían problemas en casa —comentó Max.

—No esperabas encontrarte con unos vejestorios, ¿verdad? —le preguntó Mavis.

–No esperaba encontrarme con mujeres maduras, no.

–Maddie es consejera de gente de todas las edades. Las pobres adolescentes que has dicho vienen los martes.

–Y tiene suerte de tenerla –apuntó Carmilla–. Maddie es una mujer muy compasiva.

–Además, es inteligente y sabe escuchar –añadió Bea sonriendo a Maddie.

Maddie se había sentado en su silla y tenía la cara escondida tras el pelo. Estaba avergonzada del giro que habían tomado los acontecimientos.

Aun así, estaba guapísima. Max le miró las piernas y deseó comenzar a besarle los tobillos y seguir subiendo y subiendo.

Hasta hacerla jadear y gemir y... se aclaró la garganta.

–¿Cuántas tardes por semana vienen ustedes?

–Dos o tres –contestó Carmilla sentándose en el regazo de Tiny–. Hace años que deberíamos haber dejado de venir, pero nos gusta mucho hablar con ella. Es como la hija que nunca hemos tenido.

Max sabía que Maddie era una mujer que no juzgaba a la gente, que buscaba dentro de las personas. Lo sabía por cómo había aceptado a Cleo.

–¿Sabían ustedes que un hombre puede tener adicción al olor de una mujer?

Maddie levantó la cabeza y lo miró con fascinación.

Bea se burló.

Carmilla miró a Tiny, que le olió el hombro.

–¿De dónde te has sacado eso? –preguntó Mavis encogiéndose de hombros.

–Lo he leído en un estudio médico. Mi hermano es médico y mi cuñada es sexóloga.

Aquello hizo que los presentes levantaran las cejas. Max disimuló una sonrisa.

–La piel de cada mujer huele diferente. El cuerpo del hombre se acostumbra a ese olor y, si ella se va… –«o muere», pensó Max entendiendo de pronto a su padre– el hombre pasa por un período de abstinencia muy doloroso.

Max miró a Maddie e intentó imaginarse cómo se sentiría si no pudiera volver a abrazarla ni a besarla. Se conocían hacía poco tiempo, pero se había enganchado de ella, de su risa, de su sonrisa, de su dulzura. Y de su olor.

Se imaginó lo que habría sufrido su padre, a quien le habían arrebatado a la mujer de su vida.

Las mujeres no dijeron nada. Miraban a Max con más respeto. Él sabía que esperaban que les hablara de posturas o tonterías así, pero él era más listo.

–¿Sabían que el sexo es un analgésico natural? –las mujeres aguzaron el oído–. Sí, al practicar el sexo se liberan endorfinas, que reducen el dolor.

—Fascinante —dijo Maddie—. Annie me contó algo sobre esto.

—Pues a mí me duele la rodilla —dijo Tiny haciendo reír a todos.

—Tantos los hombres como las mujeres —continuó Max encantado de haber captado su atención— liberamos testosterona, que es el único verdadero afrodisiaco.

—Muy bien. Tú ganas. No sabía nada de eso —confesó Bea.

—¿Quieres que te contemos lo que sabemos nosotras? —preguntó Carmilla.

—Lo siento, chicas, pero me temo que ya lo sé todo —contestó él echándose hacia atrás en la silla y cruzándose de brazos —Maddie le lanzó el libro, que él cazó al vuelo, mientras las demás lo abucheaban y hacían comentarios irónicos—. Me lo estoy pasando muy bien, preciosa. Deberías haberme presentado antes a tus amigas —añadió lanzándole un beso—. Deberías leerte este libro. Sobre todo, el capítulo seis —dijo Max entregándole el libro a Tiny.

Tiny lo ojeó y sonrió.

—Muy interesante.

Carmilla intentó arrebatárselo, pero él se lo impidió.

—Si quieres saber lo que pone, ya te lo leeré yo —sugirió Tiny.

—¿Me estás retando? —preguntó Carmilla.

Tiny miró a Maddie.

—¿Te importaría que Carmilla y yo nos fuéramos un poco antes? Ahora que volvemos a estar juntos, me gustaría recuperar el tiempo perdido.

Maddie miró a la pareja con ojos románticos.

—Claro que no me importa —suspiró—. Me parece muy dulce por tu parte.

Carmilla tenía el pelo canoso y sus ojos marrones normalmente estaba apagados, pero, en aquel momento, parecía una colegiala. Max deseó imitar a Tiny y sentar a Maddie en el regazo, pero la tenía demasiado lejos.

Cuando Carmilla y Tiny se fueron, Mavis y Bea se pusieron a hacer conjeturas sobre qué tal les iría juntos. Max aprovechó el momento para agarrar a Maddie y besarla.

Las dos mujeres silbaron y vitorearon. Maddie escondió la cara.

—¿Quién de ustedes es la que hace esos eslóganes tan increíbles? —preguntó Max.

—Me parece que yo —contestó Bea.

—¿Le importaría que habláramos de negocios un momento?

Bea miró a Mavis y a Maddie.

—Claro —contestó sonrojada—. ¿Ahora?

—Me gustaría hacerle una propuesta.

—Soy una experta en proposiciones, cielo.

—No me refería a eso —contestó él sonriendo. Le gustaba que aquellas mujeres hablaran de manera tan natural. No escondían su pasado y no se avergonzaban de él—. Acabo de aceptar un trabajo que me ha ofrecido mi padre. Me voy a encargar de realizar las compras y tendré que viajar –explicó. Con el rabillo del ojo, vio que Maddie daba un respingo. La miró y vio que se había quedado pálida. Le preguntó qué le pasaba, pero ella bajó la cabeza y se miró las manos. Max carraspeó–. Nuestra empresa es de deportes y actividades al aire libre. Escalada, piragua y cosas así. Casi todo lo que vendemos va dedicado a la gente joven. He pensado que sus eslóganes podrían ser perfectos para llamar su atención.

–Podría ser divertido –dijo Bea emocionada.

–¿Por qué no se lo piensa, me da un par de ejemplos y se los presentamos a mi padre?

–¡Me pondré manos a la obra inmediatamente! –exclamó ella alejándose pensando en voz alta ya. Max la miró y vio que estaba delgada para su edad y que andaba con elegancia. Se dio cuenta de que Mavis y Carmilla también estaban muy bien y se preguntó qué pensaría su padre de ellas. Se moría de ganas de presentarle a Bea. Sería una buena terapia de choque para su regreso al mundo.

Mavis levantó las manos.

–Me parece que me he quedado de sujetavelas.

–¡Para nada! –contestó Maddie.

–Tengo una cita, cariño, así que no te preocupes –dijo Mavis despidiéndose.

–¿Una cita? –preguntó Max.

–Mavis tiene mucho éxito con los jubilados –contestó Maddie.

–Hoy he quedado con un viudo muy guapo –confesó la interesada–. ¡Es seis años más joven que yo! –confesó bajando la voz–. Solo tiene sesenta y dos. ¿No es estupendo?

Max se rio y se despidió de ella con un abrazo. Le dijo que se lo pasara bien y se imaginó que el viudo iba a estar muy ocupado aquella noche.

–¿Estás bien? –preguntó Max a Maddie en cuanto se quedaron solos.

–Sí, estoy bien.

Max no la creyó. Estaba preocupada por algo y Max decidió averiguar qué era cuando estuvieran en su casa. La agarró de la mano y fueron hacia la salida.

–¿Lo has hecho alguna vez en una bañera de burbujas, preciosa?

–¿Cómo?

–Sí, en el jardín.

–Pero… hace frío.

–Mujer de poca fe. Te prometo que no vas a pasar nada de frío. De eso me encargo yo –dijo Max acercándose y mordiéndole el lóbulo de la oreja.

Una vez en la calle, Max fue hacia su coche, pero ella se paró.

–No, yo prefiero ir en el mío. Nos vemos en tu casa.

Ni por asomo. Max quería que se quedara toda la noche y llevarla a su casa él personalmente al día siguiente. Si no tenía coche, sería mucho más fácil.

–¿Por qué? El coche estará bien aquí.

–Pero… –contestó ella dudando–. Bueno, está bien. Espera un momento –añadió abriendo el maletero de su coche y sacando la bolsa de la tienda. Max pensó en aquel collar.

–¿Qué llevas ahí? –le preguntó.

–Es una sorpresa, ya te lo he dicho –contestó ella sonriendo–. Te lo enseñaré esta noche –Max se moría de ganas–. ¿Max? Te quería preguntar una cosa –le dijo una vez sentada en el coche–. ¿Tú sabes igual que yo?

–¿Cómo?

–Llevo todo el día pensándolo. No me importa que jugueteemos un rato en el jacuzzi del jardín, pero prefiero hacer lo otro dentro. No me gustaría que nos vieran los vecinos.

–Ya… –dijo Max anonadado–. ¿Quieres…? –no podía ni hacerle la pregunta sin excitarse.

–Sí –contestó ella poniéndole la mano en el muslo–. Quiero hacerte lo mismo que tú me has hecho a mí –añadió subiendo la mano hasta la erección. Max aguantó la respiración. Ella bajó hasta la rodilla. Max suspiró de decepción y alivio. Aceleró–. Despacio, Max, como me has enseñado –dijo ella volviendo a subir la mano–. Y rápido al final, ¿no?

Max apretó las mandíbulas para no gemir de deseo. Se imaginó su boca, su lengua juguetona. Tragó saliva.

Muy bien, quería jugar. Estupendo, sobre todo si se mostraba tan dispuesta.

Se sintió como una doncella victoriana al borde del desmayo. Tuvo que concentrarse en la carretera para no acabar contra un árbol.

Había habido otras mujeres que lo habían excitado. De hecho, lo que Maddie le estaba proponiendo ya se lo habían hecho. Había hecho de todo con una mujer. Entonces, ¿por qué estaba temblando? ¿Por qué estaba teniendo sudores fríos?

Debía admitirlo. Se estaba enamorando y estaba encantado.

Capítulo Ocho

Entraron en su casa como si fueran ladrones. Cleo estaba dormida y no los oyó. Desde luego, como perro guardián era un desastre. La habitación estaba a oscuras, pero se veía luz procedente de la cocina.

–Le da miedo, así que siempre le dejo una luz encendida –explicó Max.

Maddie sintió que se le derretía el corazón.

–No te protege mucho.

–No, más bien la protejo yo a ella.

Aquel hombre era tan bueno. Y lo deseaba tanto.

Se estaba enamorando de él. Maldición.

Cuando le había oído decir que tenía que viajar, casi se había muerto de la pena. Ella también quería viajar y ver mundo, pero podría haberse quedado el resto de su vida en Ohio tan tranquila si hubiera sido con él. Al principio, le había parecido una idea terrible. Cuando él le había contado que había decidido no viajar no lo había entendido. No podía explicarse cómo alguien podía querer dejar de ver mundo. Pero las cosas habían cambiado. En esos momentos, odiaba la posibilidad de que se fuera.

Quizás su vida dejara de ser tan sencilla.

Probablemente, ya no tuviera tiempo para ella.

Maddie lo agarró de la cinturilla del pantalón y lo siguió en la oscuridad. Estaba con él. La noche no había hecho más que comenzar. En lugar de temer el futuro, decidió que debía aprovechar y disfrutar del presente.

Su casa era muy bonita por fuera. No era muy grande, pero estaba apartada de las demás.

Por dentro, no la veía, pero era espaciosa. Llegaron a su habitación y Max cerró la puerta.

Maddie pensó en lo que quería hacerle y en cómo reaccionaría. Notó un hormigueo de excitación y se mojó los labios.

En ese momento, Max la puso contra la pared y comenzó a besarla. Le agarró los pechos con ambas manos y le separó las piernas con la rodilla. Notó su erección en la tripa.

—¡Max! —exclamó quitando la boca.

—Te necesito, Maddie. Ahora mismo.

—¡Tengo otros planes!

—Esos planes tuyos son lo que me ponen así. No sé si lo voy a aguantar —dijo hundiendo la cara en su cuello.

—Vamos, Max, eres un semental, ¿recuerdas? —dijo ella sonriendo—. No creo que haya nada que te pueda hacer que no puedas aguantar.

Max le mordió en el hombro y ella dio un respingo.

—Muy bien, si me quieres retar, supongo que tendré que aceptarlo.

Max encendió una lámpara que había en la mesilla de noche.

—Vaya, ahora veo mucho mejor —dijo ella mirando la enorme cama.

—Bien, me parece que estoy preparado —dijo él tomando aire. Maddie fue hacia su cinturón—. ¡No, espera! Prefiero que te desvistas.

—¿Por qué? —preguntó sorprendida.

—Porque así podré admirar tu estupendo cuerpo y podré controlarme mejor.

¿Estaba perdiendo el control? Maddie sonrió encantada. Le encantaba ponerlo así.

—Muy bien —dijo quitándose la ropa.

Max la observaba de cerca. Le encantaba ver cómo la miraba. Se le tensaban los músculos y se le sonrojaban las mejillas.

Ningún hombre la había mirado nunca con tal intensidad. Su prometido no lo había hecho nunca. Menos mal que había descubierto cómo era realmente antes de casarse. De no haber sido así, no estaría en aquellos momentos con Max. La sola idea le daba escalofríos.

Completamente desnuda, fue hacia él y le desabrochó el cinturón.

—Te vas a comportar, ¿verdad?

—Sí —gimió él mientras ella metía la mano por la cremallera—. Te he mentido. No, no me voy a comportar. Estás desnuda. ¡Y me vas a hacer cosas lascivas!

—Solo estoy hablando. Todavía no he empezado.

Él asintió.

—De momento, tengo que concentrarme en las piernas.

—¿Y eso? —preguntó Maddie tocándolo. Tenía el sexo grande y fuerte.

—Para recordar que las tengo y no caerme al suelo.

—Vamos a quitarte la camisa.

Max se la quitó a toda velocidad y la tiró a un rincón. Sin esperar a que Maddie dijera nada, se quitó también los zapatos.

Maddie, que sabía que ya lo había vuelto loco, se arrodilló ante él. Se tomó su tiempo para quitarle los calcetines. Acarició la cinturilla de sus pantalones y se los bajó junto con los calzoncillos.

Observó su cuerpo. Tenía los pezones erectos y le temblaba todo. Aquel hombre era tan guapo, tan macho, tan fuerte... y aquel olor. Se echó hacia delante y lo besó en el abdomen. Aspiró su aroma.

Max enredó sus dedos en el pelo de Maddie.

—Maddie —gimió.

Ella agarró la base de la erección. Sentía el pulso de Max, al compás del suyo. Con la otra mano, exploró el firme trasero, sus muslos de hierro.

Max se estremeció. Lo único que se oía era su respiración entrecortada.

Maddie lo besó en el muslo derecho y luego en la cadera. Él sintió que se le tensaban los dedos y guió la cara de Maddie hacia el lugar exacto donde quería sentir su boca.

Ella sintió un poderoso deseo de satisfacerlo a él y de satisfacerse a sí misma y, sin previo aviso, se lanzó.

Estaba caliente, salado y vivo. Jugueteó con la lengua y se sorprendió de que aquello fuera tan sugerente también para ella.

Max dio un respingo y echó la cabeza hacia atrás mientras la apretaba contra su cuerpo. Intentó seguir el ritmo, pero no podía.

—Maddie, no puedo.

—Sí, sí puedes —contestó ella retirándose un poco y lamiéndolo otra vez.

Aquello lo hizo aullar como un lobo.

—No lo entiendes. Estoy a punto de…

—Hazlo —dijo ella encantada con su triunfo volviendo a introducir el miembro en su boca.

Se hizo el silencio más absoluto y Max se dejó llevar. Maddie estuvo a punto de gritar de emoción. No sabía que un hombre podía mostrarse tan salvaje, tan caliente y libre.

Maddie continuó tocándolo hasta que a él le flaquearon las piernas y cayó de rodillas frente a ella. Se sentó, jadeando todavía, la miró y comenzó a reírse.

—Eres peligrosa —le dijo abrazándola y acunándola como ella tanto deseaba. Estuvieron así en el suelo un rato hasta que él se tranquilizó y recobró la respiración de nuevo.

Entonces, él le devolvió el favor.

Al día siguiente, por la tarde, Maddie seguía durmiendo y Max la miraba. Tenía el pelo desparramado por la almohada y el trasero al aire. Sonrió. Le apetecía tocarla, pero sabía que debía dejarla dormir. Habían estado despiertos hasta después del amanecer.

Aun así, él no había quedado saciado.

Ella era diferente. Era mejor. Era más dulce y apasionada. Sabía que nunca se cansaría de ella.

¿Qué debía hacer? Estaba decidido a casarse con ella, pero ella parecía no tener ningún interés en el matrimonio. Durante toda la noche, le había hecho partícipe de su intimidad, pero no había dejado traslucir ni un solo atisbo de sus sentimientos.

Max se levantó y fue a la cocina a hacerse un zumo. Decidió despertarla y hablar con ella para ver si podía detectar algún punto débil en Maddie que le permitiera convencerla y hacerla suya.

Maddie se despertó sintiendo el aliento cálido en la cadera. Sonrió sin abrir los ojos.

—Mmm —murmuró—. Max, otra vez, no.

Al girarse, dio un respingo al encontrarse a

Cleo. Se tapó a toda velocidad, avergonzada de encontrarse desnuda ante la perra.

Cleo se subió a la cama, algo dubitativa, con la cabeza baja y el rabo entre las patas. Maddie sintió una inmensa ternura. Era la primera vez que Cleo se acercaba a ella tan abiertamente. Abrió los brazos para recibirla y la abrazó con fuerza. Adoraba a aquel animal tanto como quería a su dueño.

Los quería a ambos y quería estar con ellos para siempre. Sin embargo, le había dejado muy claro a Max que no era más que una muesca en el cabecero.

–Ay, Cleo, ¿qué voy a hacer?

Para entonces, tenía muy claro que no se trataba solo de una relación pura y únicamente física. No, le gustaba aprender de Max porque era un estupendo amante, pero había mucho más. Le gustaba aquel hombre, su sentido del humor, su sinceridad y lo bueno que era. Le había entregado su corazón a Cleo y no había tenido el menor reparo en hacerse amigo de Carmilla, Bea y Mavis.

Era muy fácil enamorarse de él.

Sintió que las lágrimas le resbalaban por las mejillas. La perra aulló y se las lamió. Cleo tenía el peor aliento que Maddie había olido en su vida, pero daba igual. La abrazó y se consolaron mutuamente. Había jugado y había perdido. Había pensado que podría embarcarse en una relación sexual con Max y salir ilesa. Debería de haberse dado cuenta, después de verlo con su perra, que Max no era un hombre con el que se pudiera jugar.

Además, no era fácil alejarse de él.

Maddie abrazó más fuerte a Cleo, que subió el tono de los ladridos y quejidos. Cuanto más lloriqueaba la perra, más lágrimas brotaban de los ojos de Maddie y, cuanto más lloraba ella, más se solidarizaba Cleo.

Max llegó corriendo con los zumos y cara de sorpresa.

–¿Qué diablos pasa? –preguntó al ver a las dos armando semejante numerito, suficiente para despertar a todo el barrio.

Max miró a Maddie. Madre mía, menuda llorera. Tenía la nariz roja y los ojos hinchados. Sintió deseos de abrazarla y decirle que no llorara.

–¿A qué viene todo esto? –preguntó más suavemente. Dejó la bandeja en la mesilla–. Maddie, ¿te duele algo? –Maddie ocultó su rostro entre el pelo de Cleo. Max se acercó, pero su perra le gruñó–. Vaya.

Cleo había cambiado de bando. Menos mal que era Maddie, a la que quería. Amor. Menuda situación.

Aquello le decidió a mostrarse, a partir de entonces, más comprensivo con los tipos que le escribían confesando encontrarse atrapados por el amor. Tenía el corazón en llamas y el cerebro hecho puré. Él, que había creído saberlo todo, se dio cuenta de que no había sabido nada hasta que había conocido a Maddie.

La hacía gritar de placer, pero no sabía si sería capaz de que le diera el «sí, quiero». Nunca había creído en el amor a primera vista. Incluso se había preguntado muchas veces si el amor existía. Suponía que, de ser así, sería un sentimiento que requeriría tiempo para fermentar. Se había equivocado. Desde el primer momento en el que había visto a Maddie, había sabido que era diferente. Al principio, se había intentado convencer de que solo era por su físico, porque la verdad era que la chica se defendía muy bien, pero no era así. Había sido su corazón, que había intentado alertar a su cabeza y ahora tenía una mujer llorosa en la cama, con su perra, y muchas incógnitas.

Maddie levantó la cabeza y él la miró horrorizado. Tenía pelos de perro por toda la cara. Era como si se estuviera convirtiendo en la mujerlobo.

—Lo siento, Max —se disculpó.

—¿Por qué? —preguntó él tentando a la suerte.

—Por… por seguir adelante.

Max se sentó en el borde de la cama.

—¿Te importaría decirme a qué te refieres exactamente?

—Me vas a odiar.

—Eso es imposible, cariño —contestó él quitándole unos cuantos pelos de la cara.

—Te quiero.

—¿Qué? —dijo Max echándose hacia atrás.

—¿Lo ves? ¡Es horrible! —exclamó ella volviendo a ocultar el rostro entre el pelo de Cleo.

Max consiguió cerrar la boca mientras se preguntaba si habría oído bien. Estaba de lo más confuso y Cleo seguía mirándolo mal.

Necesitaba tiempo para asimilarlo. Si Maddie le estaba confesando lo que él creía que le estaba confesando, parecía obvio que no estaba muy contenta con la idea.

—Toma, cariño. Bébete el zumo —le sugirió. No se le ocurría otra cosa.

—No me gusta beber cosas frías por la mañana. Quiero un café. Solo.

—Ah —dijo Max frunciendo el ceño—, pero eso no es bueno.

—No importa. Ya nada importa. Todo se ha ido al garete y quiero tanto a Cleo...

¿Ahora resultaba que también quería a su perra? Max miró a su alrededor para ver si se le ocurría algo que decir, pero no encontró ninguna fuente de inspiración.

—¿Quieres salir, pequeña? —le preguntó a Cleo.

La perra saltó del regazo de Maddie al suelo y Max retiró las sábanas y agarró a Maddie en brazos.

—Max, ¿qué haces?

No contestó. Fue hacia la puerta de atrás con la perra dando saltitos a sus pies.

–Maddie, tienes un aspecto terrible por las mañanas.

–Ya lo sé, pero no me importa.

–La cafeína no importa, tu aspecto no importa. Entonces, ¿qué importa, cariño?

Le estaba empezando a contestar cuando se encontró fuera, con el fresco de abril sobre sus cuerpos desnudos. Cleo salió corriendo, encantada de estar fuera. Tomo su pelota y se la llevó a Max.

–Espera un momento. Ahora mismo, no tengo manos.

–¿Qué haces? –preguntó Maddie con los ojos como platos.

–Te prometí que nos daríamos un baño en la bañera de hidromasaje, pero luego se me olvidó porque me distrajiste con esa maravillosa boca que tienes.

Maddie intentó aferrarse a su cuello, pero Max la bajó y la deslizo dentro del agua calentita. Maddie miró a su alrededor, pero, al ver que los árboles los salvaban de miradas indiscretas, se relajó.

Max le lanzó un par de veces la pelota a Cleo y se metió también en la bañera de hidromasaje.

–Me había olvidado –dijo agarrándola y colocándola sobre su regazo–. ¿Tú no te has olvidado de algo, también?

Pensó que, si conseguía que dejara de llorar, tal vez le diría otra vez que lo quería, más tranquilamente, para que pudiera creerla.

Maddie le dejó que le acariciara el pecho por debajo del agua, le agarró de las muñecas y le presionó las manos más.

–¿Qué se me ha olvidado?

–Me dijiste que tenías una sorpresa para mí –le recordó.

–¡Es verdad! –exclamó–. Lo había olvidado después de... lo que me hiciste.

–¿Yo? –bromeó él viendo con alivio que Maddie dejaba de llorar–. ¿Y tú, qué?

–Me encantó hacerlo. Fue estupendo verte...

Él le tapó la boca.

–Shh. Siempre me levanto excitado y no creo que pudiera controlarme porque te deseaba ya antes de despertarme. No me tortures, ¿de acuerdo?

–¿Siempre?

–Sí –sonrió él.

Maddie se mordió el labio y intentó verlo, pero las burbujas se lo impedían.

–Bueno, ¿quieres que vaya a buscar la sorpresa?

–¿Ahora?

–¿Y si esperamos...? –preguntó Max. Nadie los veía, pero no estaba muy seguro de querer montar un numerito al aire libre.

No le dio tiempo a decir nada más porque salió del agua, entró en la casa y volvió en menos de un minuto con la bolsa en la mano.

Max estaba ansioso, excitado y muerto de curiosidad.

Ante su sorpresa, Maddie llamó a la perra, que fue corriendo a su encuentro. Max se sintió la persona más feliz del mundo al ver que Cleo iba hacia ella moviendo el rabo sin parar.

La vida era maravillosa. Su perra estaba feliz y su mujer lo volvía loco.

—Cleo, ven aquí —dijo Maddie sacando el collar de la bolsa—. ¿A que es bonito? Estuve mirando en el veterinario, pero no encontré ninguno que me gustara para ella —Max sintió inmensos deseos de reírse a carcajadas ante su equívoco—. Así que fui a una tienda… especial y compré este, que es digno de una reina.

Cleo se estuvo quieta mientras Maddie le quitaba el collar viejo y le ponía el nuevo. La perra lo miró como para que le diera su aprobación. El collar rojo, con piedras y tachuelas era de lo más peculiar.

—¿A que está guapa? —preguntó Maddie levantándose.

Max la miró y sintió que se le hinchaba el corazón. Y también sus partes masculinas, como siempre que la tenía cerca. La combinación era explosiva.

—Claro que sí.

Cleo sacudió la cabeza, ladró como diciendo que estaba de acuerdo y volvió a jugar con su pelota.

Max salió de la bañera de hidromasaje y abrazó a Maddie.

—No te puedes ni imaginar lo que creía que tenías en la bolsa.

Al recordar los juegos eróticos que se había imaginado, se le aceleró el pulso. Ya habría tiempo de ponerlos en práctica.

–No te puedes ni imaginar lo que tengo –contestó con los ojos inyectados en deseo.

–Cuéntame –sugirió completamente excitado sentándose en el borde de la bañera de hidromasaje.

–Mira lo que compré en la misma tienda –dijo ella sacando una gran pluma blanca–. No puede resistirme. Tenía que probarlo.

–¿Con quién?

–Contigo.

–¿Porque era lo que hacía tu ex?

–No –contestó ella dándole un beso en la nariz–. Porque la idea de tenerte atado a mi merced me atrae mucho.

–¿Qué más tienes? –preguntó intentando agarrar la bolsa. No estaba dispuesto a dejar que le hiciera lo de la pluma. Prefería hacérselo él a ella.

–Esto es para dar azotes –contestó ella apartando la bolsa.

–Ah –dijo él imaginando en qué parte del cuerpo de Maddie lo iba a hacer–. ¿Algo más?

–Maddie dijo algo sin mirarlo a los ojos–. ¿Qué has dicho? ¿Qué más has comprado, preciosa?

Ella sacó tímidamente un conjunto de encaje color crema con agujeros en lugares estratégicos.

–Muy bonito.

—¿De verdad?

—Sí, vas a estar estupenda. Claro que ya lo estás desnuda, con el pelo alborotado y pelos de Cleo por la cara —ella frunció el ceño. Max lo decía en serio—. Ven aquí. Quiero hablar contigo.

Maddie dejó la pluma y el conjunto en una silla y se metió en la bañera de hidromasaje. Max la volvió a sentar en su regazo.

Max le limpió la cara y el escote con agua hasta que no quedó ni un solo pelo. La besó en la barbilla, la nariz y la boca.

—¿Por qué estabas llorando, cariño?

—Ya te lo he dicho —contestó ella jugueteando con los pelos de su pecho.

—¿Porque me quieres? —preguntó él sintiéndose de lo más vulnerable. Se la estaba jugando. Si le decía que no había dicho aquello, no sabía cuál iba a ser su reacción. El corazón le martilleaba contra las costillas.

—Sí.

—¿Y eso es malo? —le preguntó haciendo que lo mirara.

—Duele —contestó abrazándolo con fuerza—. No quiero haces más muescas en mi cabecero.

—Gracias a Dios —dijo él abrazándola también.

—Tampoco quiero que te vayas, pero prometo no darte la lata con ello… Si, si quieres que nos veamos de vez en cuando, me parece bien.

—Maddie, ¿dónde te crees que me voy?

–Dijiste que habías aceptado el trabajo con tu padre, así que viajarás de nuevo.

–Un poco –contestó él–, pero solo si tú y Cleo venís conmigo.

Maddie levantó la cabeza y se echó hacia atrás tan bruscamente que perdió el equilibrio y cayó al agua. Reapareció con el pelo hacia atrás y echando agua por la boca.

–¡Maddie! ¿Pero qué haces? ¿Quieres ahogarte?

–¿Lo dices en serio?

–Sí –contestó él sintiendo un gran alivio–. Cleo no puede estar mucho tiempo sin mí y, además, no la dejaría con nadie más que contigo.

–¿Tanto confías en mí? –preguntó sonriendo a más no poder.

Max asintió.

–Si estoy lejos, estaré tranquilo porque sabré que está bien porque está contigo y te quiere.

–Yo también la quiero y me quedaré encantada con ella –dijo ella mirando a la perra, que seguía jugando por el jardín.

–¿Aquí? –preguntó él forzando un poco–. Te lo digo porque está más cómoda en su casa.

–De acuerdo. Si lo prefieres así.

Max tomó aire y se lanzó.

–Verás, si vas a pasar ciertas temporadas en mi casa, tal vez, tendrías que considerar la idea de casarte conmigo. Has dicho que me quieres y que quieres a mi perra, ¿verdad?

—¿Quieres… casarte conmigo?

—Sí, ya te dije que ya no me interesaban las relaciones pasajeras. Te prometo que jamás te seré infiel, como tu ex, si eso es lo que te preocupa…

—Max, ¿me quieres?

Él la besó con fruición.

—¿Quererte? Estoy loco por ti.

—¿De verdad? ¿No es solo sexo?

—Te he querido desde que te empotraste contra la puerta de la tienda y, para cuando caíste al suelo, ya estaba loco por ti —Maddie exclamó sorprendida y él volvió a besarla con fuerza. No quería dejar de besarla nunca—. Me gusta tu risa, me gusta tu forma original de vestir y me gusta, por supuesto, el sexo que comparto contigo. Y muchas cosas más. Lo que más me gusta de ti es cómo quieres a Cleo y cómo te preocupas por tus amigas. Todo este tiempo, he creído que serías perfecta para la perra, pero ahora sé que eres perfecta para mí.

—Oh, Max.

—Te necesito, Maddie. Ya le he dicho a mi padre que no viajaré si no vienes conmigo.

—No quiero que eso sea un problema con tu familia. Si no estás muchos días fuera, no me importa —contestó ella sintiendo su erección.

—Si sé que estarás esperándome, siempre volveré.

Maddie metió la mano bajo el agua y lo tocó. Él gimió, pero logró controlarse.

—Debo hablarte de otro trabajo.

—¿Más viajes?

—No —contestó él contándole lo de la columna.

—¡Pero si yo leo esa columna! —exclamó ella sorprendida—. ¡Siempre he pensado que la persona que la escribía se mostraba muy incrédula!

—No sabía nada del tema.

—¡Ja! Lo sabes todo de las mujeres…

—Sobre sus cuerpos, sí, pero tú me has enseñado todo sobre mi propio corazón.

—Oh, Max —dijo besándolo—. ¿Nadie sabe que la escribes tú?

—No y me gustaría que no se enteraran.

—Muy bien porque resulta que he descubierto que soy celosa y si alguien se enterara…

—Bueno, bueno —dijo una voz femenina familiar.

Se dieron la vuelta y se encontraron a Bea y a Mavis.

—¿Qué hacéis aquí? —preguntó Max intentando mantener el control. Menos mal que su pudor estaba a cubierto bajo las burbujas y que Maddie se había metido hasta el cuello en el agua.

—Hemos venido a decirle a Maddie que Carmilla se ha fugado. Ella y Tiny se han ido a Las Vegas y queríamos hacerles una fiesta para cuando volvieran —explicó Bea.

—¡Estupendo! —exclamó Maddie.

Mavis se rio.

—Sí, siempre hablaba de él, pero decía que lo había olvidado. Lo llamó y la naturaleza hizo el resto.

—Me parece que con vosotros también —intervino Bea tocándole el pelo a Max—. ¿Cuándo va a ser la boda?

—Cuanto antes —contestó Max viendo salir a su padre de la casa.

—¡Boda! Estupendo, Max —dijo Dan sin sorprenderse lo más mínimo de ver a su hijo menor en la bañera de hidromasaje con una jovencita. Al ver a Bea y a Mavis, se quedó sin palabras—. Hola.

Bea sonrió y miró a Mavis.

—Mío —le dijo.

Cleo se percató de toda la gente nueva que acababa de llegar y se puso a ladrar para proteger a su familia humana. Se sintió tan obligada a velar por su seguridad que no dudó en saltar dentro de la bañera.

Maddie sabía que todavía tenía los ojos hinchados y rojos, pero no importaba. Max la quería y quería casarse con ella. La vida no podía ser mejor.

Cleo y ella ya estaban secas, excepto el pelo. Estaba sentada en el suelo peinando a Cleo, que estaba tumbada en su regazo. Los demás estaban en la cocina tomando un café.

–He venido a ver si podrías irte de viaje el próximo fin de semana –dijo Dan sin poder apartar los ojos de Bea.

–¿Adónde? –preguntó Max con un zumo en la mano. Solo llevaba unos pantalones vaqueros y estaba de muerte.

–A Minnesota. Esta semana te daré la documentación. Por supuesto, tu novia y la perra podrán ir contigo.

Max miró a Maddie, que le sonrió.

–Muy bien –contestó a su padre. Max sonrió también y él y Maddie se miraron con complicidad. Dan aprovechó para mirar a Bea y sonreírle–. Mañana hablamos en la oficina –añadió dándole una palmada en el hombro.

Dan miró a Maddie con gratitud.

–No te puedes ni imaginar lo que me alegro de conocerte y de que vayas a pasar a formar parte de mi familia. Annie habla maravillas de ti y Lace no para de mencionarte tampoco.

Maddie sintió deseos de ponerse a llorar de felicidad.

–Bueno, todo esto está muy bien –dijo Mavis poniéndose en pie–, pero yo me tengo que ir.

–¿Tienes una cita también hoy? –preguntó Max.

–Todas las noches, cielo.

Bea agarró a Dan del brazo.

–¿Me dejas que te invite a cenar? Tu hijo quiere que te enseñe los eslóganes.

Dan miró a Max con una ceja levantada.

–Es muy buena, papá, de verdad.

–Y, además, escribo unos eslóganes estupendos –intervino Bea.

–Bueno, de acuerdo –contestó Dan un poco sorprendido.

Max sacudió la cabeza. Su mundo había cambiado en poco tiempo.

Su hermano se había casado, su hermana se había casado y Maddie había aparecido en su vida y prácticamente le había quitado a su perra.

Las miró. Cleo estaba sobre el regazo de Maddie, que estaba completamente concentrada en deshacerle un nudo.

Estaba completamente enamorado de ella.

Y, de repente, su padre estaba flirteando con una mujer.

Max esperó a que todos se hubieran ido y salió al jardín, donde Maddie jugaba con Cleo.

–¿Te vas a casar pronto conmigo? –le preguntó.

–En cuanto tú quieras –contestó ella.

Max sonrió.

–Tengo suerte de tener a una mujer de tan buen conformar a mi lado –comentó–. Por cierto, ¿y las cosas que has comprado…?

–Gracias, Max.

–¿Por qué, cariño?

–Por ser un depravado sexual, un estrafalario, un semental y un hombre adorable y amable –le contestó besándolo–. Y, sobre todo, por ser solo mío.

Max la agarró en brazos.

—Ser todo tuyo es un placer. De hecho, quiero que siempre sea así —dijo yendo hacia el dormitorio—. En cuanto al resto, me parece que tenemos que explorar un poco más el lado estrafalario.

—¿Dónde he dejado la pluma? —preguntó Maddie riéndose.

Max sintió que no podía pedir más a la vida.

Acepte 2 de nuestras mejores novelas de amor GRATIS

¡Y reciba un regalo sorpresa!

Oferta especial de tiempo limitado

Rellene el cupón y envíelo a
Harlequin Reader Service®
3010 Walden Ave.
P.O. Box 1867
Buffalo, N.Y. 14240-1867

¡Si! Por favor, envíenme 2 novelas de amor de Harlequin (1 Bianca® y 1 Deseo®) gratis, más el regalo sorpresa. Luego remítanme 4 novelas nuevas todos los meses, las cuales recibiré mucho antes de que aparezcan en librerías, y factúrenme al bajo precio de $2,99 cada una, más $0,25 por envío e impuesto de ventas, si corresponde*. Este es el precio total, y es un ahorro de más del 10% sobre el precio de portada. ¡Una oferta excelente! Entiendo que el hecho de aceptar estos libros y el regalo no me obliga en forma alguna a la compra de libros adicionales. Y también que puedo devolver cualquier envío y cancelar en cualquier momento. Aún si decido no comprar ningún otro libro de Harlequin, los 2 libros gratis y el regalo sorpresa son míos para siempre.

416 BPA CESK

Nombre y apellido	(Por favor, letra de molde)	
Dirección	Apartamento No.	
Ciudad	Estado	Zona postal

Esta oferta se limita a un pedido por hogar y no está disponible para los subscriptores actuales de Deseo® y Bianca®.
*Los términos y precios quedan sujetos a cambios sin aviso previo.
Impuestos de ventas aplican en N.Y.

SPD-198   ©1997 Harlequin Enterprises Limited

Por muy guapo y encantador que fuera,
Marta Wyman no iba a permitir que Evan Gallagher
la obligara a ver a su abuelo. Marta no conseguía
entender qué impulsaba a aquel hombre a convencerla de que tuviera buena relación con un parien-
te al que ni siquiera conocía, pero estaba empeña-
da en seguir adelante con su vida como lo había
hecho hasta que él apareció.

Evan Gallagher iba a tener que esperar
pacientemente hasta que ella cambiara de opinión... o se dejara llevar por sus ver-
daderos sentimientos.

Perdón familiar

Jessica Matthews

PÍDELO EN TU PUNTO DE VENTA

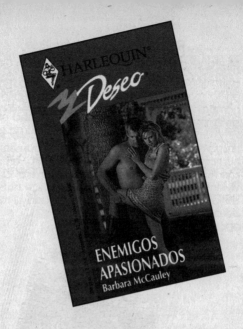

ENEMIGOS APASIONADOS
Barbara McCauley

Gracias a una increíble apuesta en una partida de póker, Reese Sinclair ganó... ¡una mujer! Aquellas dos semanas en el restaurante de Sinclair eran demasiado para una princesita como Sydney. Ni siquiera alguien tan deliciosamente exasperante como ella podría conseguir que Reese se replanteara su preciada soltería. Aun así, el deseo que sentían el uno por el otro era cada vez mayor.

Una sola noche de pasión hizo que Reese perdiera por completo el control de la situación y lo dejó con un irreprimible deseo por ella... ¿Qué iba a hacer el atractivo soltero cuando la apuesta llegara a su fin? Podría simplemente recoger sus cartas y olvidarlo todo o... cambiar de vida y pedirle que se casara con él...

PÍDELO EN TU PUNTO DE VENTA

Ryan Nix sabía perfectamente lo maravilloso que era ser padre, y lo doloroso que era perder algo tan importante. Por eso había jurado no volver a permitirse a sí mismo sentir nada parecido. Hasta que en la maternidad de un hospital descubrió que su nombre figuraba como padre de la hija recién nacida de Emma Davenport. ¿Qué podía hacer?

La encantadora Emma era consciente del riesgo que corría al enamorarse tan locamente de un hombre que se negaba a dejarla entrar en su corazón. Sin embargo, su precioso bebé era la prueba viviente de que, al menos una vez, Ryan había bajado la guardia. A lo mejor había llegado el momento de concederse una segunda oportunidad...

Amante y padre

Judy Christenberry